やまなみの詩《うた》

上高地線ものがたり

中野 和朗

かもがわ出版

やまなみの詩《うた》――上高地線ものがたり

◆

目次

第一章　文明開化と秦越家……5
第二章　秦越満蔵と丸山千代の結婚……15
第三章　愛子の誕生……26
第四章　秦越家の没落……50
第五章　看護婦となり　ハルピン陸軍病院勤務……61
第六章　大山修吾と結婚　修一誕生……84
第七章　敗戦　帰国……113
第八章　筑摩病院へ就職　修一との再会……136
第九章　修一の結婚　真知子の誕生……163
第十章　筑摩大学「武器よさらば！」……170
あとがき……202

装画　中野雅弘
装丁　守分美佳
整理　高野和香
校閲　原　健一

第一章　文明開化と秦越家《はたこしけ》

秋の夕日が飛騨《ひだ》山脈（北アルプス）の峰々を茜色《あかねいろ》に染め、空一面は真っ赤な夕焼けであった。前山が濃淡さまざまな襞《ひだ》をつくって屏風《びょうぶ》を広げたように連なり、その麓は黄金色の安曇野《あずみの》に続いて南に筑摩野《ちくまの》が広がっている。木曽から流れ下ってくる奈良井川と上高地《かみこうち》からの梓川《あずさがわ》はやがて押野崎《おしのざき》で合流する。

筑摩野の奈良井川の土手道を、落日直前の光を受けて鍬《くわ》を担《かつ》ぎ牛に引かせた荷車の手綱を引いた百姓がシルエットを作って行く。その後を背負子《しょいこ》や籠《かご》を背負った子供たちが肩を並べて付いて行く。駕籠《かご》が大きく揺れながら走りすぎる。しばらくすると馬に騎《の》った侍を先頭にお供の一群が松本城への道を影絵のように移動して行く。烏の群れがねぐらへ向かって飛んでいた。遠くからどこかの寺の鐘《かね》が聞こえていた。

時の松本城第九代藩主《はんしゅ》松平（戸田）光則《みつのり》は、新政府軍側に恭順《きょうじゅん》し、率先《そっせん》して版籍奉還《はんせきほうかん》したのを始め、新政府の諸施策を積極的に実施した。廃仏毀釈《はいぶつきしゃく》を領内で最も徹底的に断行したことにより知藩事に任官された。自らも長きに亘って武士社会の権威のシンボルであった帯刀《たいとう》を止《や》め、裃《かみしも》を脱ぎ、丁髷《ちょんまげ》を切り落とした。羽織袴《はおりはかま》から洋服へと時代の風俗の変化の流れに時期を逸することなく身をゆだねたのである。〝お殿様〟のこうした変身は藩下の人々に古い殻を破って進取の気風を醸成《じょうせい》するのを促すことになった。松本藩下では服装や髪型という外見の変化に留《とど》まらず、これまでの〝士農工商〟の身分制度を始め、社会秩序を根本から転換させる自由民権運動が芽吹き、開花することになった。長きに亘って受け継がれてきた古い体制が大きな音を立てて崩壊し、時代はまさに文明開化の夜明け前であった。

武士（徳川幕府）が権力者として支配した体制が、「王政復古」を旗印とする勢力によって復権した天皇が支配する〝王政〟体制へと大転換したのだ。世界の歴史の流れは、フランスでは革命によってルイ十六世の王政から共和制へ、ドイツではウィリアム二世王政からワイマール共和国へ、ロシアではロマノフ王政からソビエト連邦共和国へ、中国では大清国の王政から中華民国へ等、いずれも王政から共和制へと変わっていた。これは人類史の法則的な展開といえるはずだが、日本の体制転換はこのような世界の流れに反して〝王政（皇室）〟が復活したのである。

中央集権的な近代国家の樹立を目指した日本は、戊辰《ぼしん》戦争を最後に日本人同士が殺しあう〝内戦〟を終結させた。しかし、それは近代国家の宿命としての地球資源争奪を目的とした植民地獲得のための列強との国家間戦争の幕開けでもあった。日清戦争（一八九四年）日露戦争

（一九〇四年）第一次世界大戦（一九一四年）そして日中戦争からアジア太平洋戦争（一九四一年）へと戦争の途切れることはなかった。この連鎖は、一九四五年八月十五日、日本の無条件降伏による敗戦によってようやく止まった。莫大な犠牲を払って狂気の時代が終焉《しゅうえん》したのである。その犠牲の尊い遺産が日本国憲法（一九四六年十一月三日公布、一九四七年五月三日施行）であった。その第九条前文には「全世界の国民が、ひとしく恐怖と欠乏から免れ、平和のうちに生存する権利を有することを確認する」とあり、その第一項には「国権を発動する戦争と、武力による威嚇《いかく》又は武力の行使は、国際紛争を解決する手段としては、永久にこれを放棄する」と書かれていた。新しい憲法第九条は、戦争の脅威から解放された時代の到来に希望を抱かせる人類史初の「戦争廃棄宣言」であった。「全世界の国民が恐怖と欠乏から免れ平和のうちに生存する権利」が確立される人類史の新しい夜明けを告げる曙光《しょこう》であった。

＊　＊　＊

筑摩野は水に恵まれた豊かな田園地帯である。西に飛騨山脈（北アルプス）の山並みが壮大に連なり、水を張った水田に山並みの姿、空の青、山里の緑が映え、空気が爽やかである。新村《にいむら》の集落はそんな美しい自然のど真ん中に在り、働き者の村人たちが穏やかな日々を過ごしていた。秦越《はたこし》家はその集落の有力者としての務めを歴代果たしてきた。家代々の伝承によれば、秦越家は古墳時代、第十五代応神天皇《おうじんてんのう》時代に百済《くだら》より渡来した機織技術《はたおりぎじゅつ》集団秦氏の流れを汲《く》む家柄だと言い伝えられている。源蔵は当地で秦越姓を名乗るようになった一族の十八代目とされていた。大きな門構えの広大な屋敷林に囲まれた秦越家は、見るからに由緒《ゆいしょ》ある旧家だと分かる。

門を入ると竹林があり、池がある。池には大きな鯉や錦鯉が泳いでいる。その奥に白いなまこ壁の頑丈な蔵が建っている。とび石伝いに進むと立派な格子戸の玄関に着き、脇には上等な客を迎えるゆったりした上がり框《がまち》が設けられている。何十畳もある大広間を始め襖《ふすま》で仕切られた大小さまざまな部屋が連なっている。

屋敷内にはもう一つ日常生活に使う頑丈な白壁の蔵があった。その蔵に続いて大きな納屋《なや》があり、その一部は仕切られて使い古された、いまでは操作する人もいない機織機《はたおりき》が据えられていた。残りの広い空間にはさまざまな農具や肥料などが納められ、味噌や漬物の樽が並べられていた。納屋と隣りあわせて二頭の馬の厩《うまや》と一頭の牛のための牛舎があった。

北東の隅に歳月を感じさせる平屋の長屋があり、先代からの作男、金山長助の家族（妻おはな、長男善助）のほか奉公人たちが住んでいた。北西の隅には先祖の墓石が並ぶ墓もあった。屋敷の敷地を南北に突っ切って、澄んだ冷ややかな湧き水が清流となって流れていた。村の衆が〝せんげ〟と呼んでいるこの流れは飲み水以外の生活用水としてつかわれている。勝手場のたたきの一隅には別の井戸があった。その水は真夏でも冷やっこく、冬は水蒸気がたち温かい優しい味の水である。屋敷林には杉や檜《ひのき》、欅《けやき》などのほかに柿や栗、杏《あんず》などの果樹が何本も大きく枝を広げていて、どの樹木も時期になるとたわわに実をつけた。

源蔵は、十代の初めころから安曇野豊科成相《とよしななりあい》の法蔵寺の坊に開設された武居用拙《ようせつ》の私塾で開明的思想、自由民権思想を学んでいた。後に同じ塾生の松沢求策《きゅうさく》が興した松本の自由民権運動にも関わった。

源蔵の先々代は、中萱《なかがや》の庄屋多田加助《ただかすけ》の年貢軽減《ねんぐけいげん》を求める農民蜂起《ほうき》には加助側に与《くみ》していた。そういう家系の下で育った源蔵は、おのずから新しい時代の息吹を自分のものにしていた。貪《むさぼ》るようにそのような書物を読み、新時代の思想を吸収した。やがて源蔵は師、武居用拙を始め松沢求策たちの自由民権思想について村の若者たちに熱く説いた。

農作業を終えた村の若い衆が夜になると集まってきた。田植えの終わった田んぼでは蛙の大合唱が夕暮れ時の薄い闇を突き破るように響き渡っている。

「お疲れさまです！　今夜もお願《ねが》えします。この前の福沢諭吉先生の『学問のすすめ』は目からうろこだったいね」

「おお、そうかや。そりゃよかった。おっつけみんな揃うずら」

つぎつぎと若者たちがやってきた。

「おばんです」

「お願えします」と挨拶を交わしながら勝手に座敷に上がりこんだ。

「あらかた揃ったようだな。じゃあ、始めるかいな。この前は福沢諭吉先生の『学問のすすめ』の『初編』を読んだな。書き出しの『天は人の上に人を造らず人の下に人を造らず』というのはいまたいへん評判になっている言葉だ。これはそもそも人間は、産まれた時はだれでも身分の上下や、貧富の違いはなく平等だということだ。第二編ではこれをさらに詳しく述べているのでそれを読むことにしよう」

『人の生まるるは天の然《しか》らしむるところにて人力にあらず。この人々互いに相敬愛《あい》しておのおのその職分を尽くし互いに相妨《あいさまた》ぐることなき所以《ゆえん》は、もと同類の人間にしてともに一天を与《とも》にし、ともに天地の間の造物なればなり。譬《たと》えば一家の内にて兄弟相互に睦《むつま》じくするは、もと同一家の兄弟にしてともに一父一母を与《とも》にするの大倫《だいりん》あればなり。ゆえに今、人と人との釣合いを問えばこれを同等と言わざるを得ず。ただしその同等とは有様の等しきを言うにあらず、権理道義の等しきを言うなり』

「これは、人間は年齢、身分、性別、家柄などを問わずみな平等だということだ。これまでの我が国の『士農工商』という絶対的な秩序であった身分制度を根本からひっくり返す思想だ。とりわけ若いみなの衆にとって重要なのは、これまで当たり前のことと考えられてきた『男尊女卑』の考え方も天の道理に合わぬということになる。権理道義ということで言えば男も女もなんら違いはなく同等であるというんだが、みんなはどう思うかな？」

お互いに顔を見合わせていたが一人が口火をきった。

「先生、そりゃ当たり前のこんだんね。おらんとこじゃ昔から女衆が一番だじ。女衆がいなきゃ家はやっていけねえわね。百姓んとこじゃどこもそうじゃねえかい」

「おお、そうか。そうだなあ。わしんとこも婆さまでもっているようなもんだでなあ。だがな、大抵の家じゃどうだ、おじっさまやおとっさまがお殿様じゃあねえかな。女衆は殿様にお仕えする召し使いのようじゃねえかな。福沢先生はこのことを言ってるんだなあ。先の時代から『女大学宝箱』という書物が広く行き渡り『女の道』を説いているが、その教えが『男尊女卑』という伝統的な生活の形を作っている。それは間違いで、権理道義では男も女も同等だとおっしゃっているんだ。わしにはそれは正しいことに思えるがみんなはどうじゃあ？」

「男と女は同じだって云ったって、そりゃどだい無理じゃねえかい？　男と女じゃはなっからええ違いがあるじ。力がぜんぜん違うじ。強いのは男で女は弱いじゃねえかい。仕事だって出来が違うわね。生まれたときから男のほうが女より上にできているんだで女が男に従うのは道理ってもんじゃねえかい」

「そういうけんどな、男と女のどっちが偉《えれ》えかということで云やあ、そもそも、高天原《たかまがはら》の一番偉い神様は天照大神《あまてらすおおみかみ》ずら。天照大神は女の神様だじ。男の神様たちはみんな天照大神を立ててるじゃんかい。神様たちがそうだもの人間だってやっぱ女衆の方が偉いじゃねえかね」

「神様ばかりじゃねえわね。天皇さまだって立派な女の天皇様が何人もいるじ。おれが知ってるだけでも、ほれ、推古《すいこ》天皇ずら、持統《じとう》天皇……どなたも慈悲深かったたって言われてるじゃんかね」

「そうだなあ、やっぱ天皇様も女の天皇様の方が評判がいいわな。だけんど、殿様や将軍様となりゃ女の将軍様だの女の殿様ってのはあんまりきいたことがねえなあ。こりゃあどうしてずら」

「そりゃあ当たりめえずら。殿様や将軍様は戦さに強くなきゃいけねえでね。やっぱ戦さとなりゃ強い男じゃなきゃ駄目だってことじゃねえかい」

「そう云われりゃそうだなあ。どうも男は根っから荒っぽくできてて、それを抑えられねえんだな。それだで、どうも男がやると暴力が先に立っちまって、おっかねえ戦さになっちまうってことかいなあ」

「そうだじい。これまでの歴史を見りゃ分かるじゃんかい。強い英雄たちが天下取りの戦争ばっかやってきたでね。そこへいきゃあ、女衆にまかしときゃ穏やかだと思うんね。家じゃ女衆はおっかねえけんど、なんてったって男に比べりゃ優しいでね。そうすりゃみんな安心だんね」

「そうかもしれねえなあ。普段の生活ん中だって男は何かって云やあ切れてお膳をひっくり返したり、殴ったりするでね。こりゃあいけねえわね」

「暴力に物を言わせて威張《いば》っちゃあいけねえわね」

「そうせ、暴力はいけねえじ。男衆はどんなに強くったって子を産むことはできねえんだし、どだい女衆がいなけりゃ寂しいじゃねえかね。女衆はでえじにしなきゃいけねえじ」

「そうだじ。女衆はたてなきゃあいけねえんね」

「先生、福沢先生は男も女も同等なんておっしゃってるけんども、わしらが考えるに、そりゃちょっと違うんじゃないかねえ。わしらんとこじゃ女衆のほうが男より上だいね」
「は、は、は、はっ……なるほど、みんなの考えは福沢先生の先を行ってるってこんだな。そのうちに女衆の時代が来るかも知れんなあ」
源蔵の私塾はいつもこんな調子であった。誰もが何ものにも捉われず本音を口にだして自由に話し合った。一つの結論を纏《まと》めることにこだわりはなかった。こうして夜は更けていった。

妻のみつは働き者の根っからの百姓の女衆《おんなしょ》であったが、お茶やお華も一通りの心得はあり、さらに素朴ながら俳句や短歌をつくる才能も持ち合わせている〝才女〟だった。みつの日記風のメモ帳にはこんな歌が書き留められていた。

山黒く夕日と明星《みょうじょう》かがやける土手道を行く風凪《かぜな》ぎて
朝霧の残りし野良で桑《くわ》を摘《つ》むひとときの幸せ夫とともにいとほしき
初釜《はつがま》に招きくれたり友の活《い》けし花清くして座しずかなり
今日もまた暑さを告げる蝉の声仕事にはげみて一日すぎゆく

源蔵はそんな妻のために短歌誌や文芸誌のような本も手に入れていたのだった。近隣の旧家上條家の長女みつと結婚した源蔵は、三人の子を授かった。最初の男の子は生まれて間もなく高熱を出し肺炎を起《おこ》し、あっ気なく死んだ。間もなく女の子が生まれた。大事に育てられたが、二歳になった時このあたりを襲った流行病《はやりやまい》に罹《かか》り必死の看病も空しく亡くなった。

その後しばらくして、三人目の子が生まれた。顔立ちの整った色白の男の子で、満蔵《まんぞう》と名づけられた。源蔵とみつはこの子だけはなんとしても育てねばと可能な限りの手を尽くした。満蔵を何処に出しても恥ずかしくない秦越家の嫡男《ちゃくなん》に育てるためすべてを擲《なげう》つ覚悟を固めていた源蔵には、満蔵に野良仕事をさせるなど思いもよらぬことに思えた。知力を養うために自分で直接漢書《かんじょ》を手ほどきし、字を習わせ、算盤《そろばん》を教えた。満蔵はどれも呑みこみが早く、父親を驚嘆させるほどであった。先取の気概旺盛《きがいおうせい》な源蔵自身が、身に着けた最新の知識を余すことなく伝授《でんじゅ》した。

幼い嫡男は、それを嫌がらないばかりか、目を輝かせて取り組んだのである。それを見て、息子への期待を膨《ふく》らませた父親は、さらなる早期英才教育に踏み切った。四歳で満蔵に文明開化の風を習得した田舎の英語の先生の個人指導を受けさせた。さらにこの地に赴任してきたキリスト教会の牧師につけて英語を学ばせた。源蔵には、これからは世界を相手にすることになるから、英語を使えなくてはならないという信念があった。こうして満蔵は幼少にして早くも並外れた才能を現した。

第二章　秦越満蔵と丸山千代の結婚

ひ弱であった秦越家の嫡男満蔵は、両親の行き届いた庇護《ひご》のお陰で尋常《じんじょう》高等小学校へ入学した。彼は学校へ入ると水を得た魚のように活き活きとして毎日を過ごした。神童の本領はすぐさま現れ、学業は抜群の成績であった。国語や算数は、数学年上のクラスの水準を凌《しの》いだ。こうして麻疹《はしか》とおたふくかぜで休んだ以外は欠席もせず、神童の面目を施して尋常高等小学校を無事卒業した。

野良に出ることを嫌がった満蔵は、跡取りにも拘わらず家業の農作業を免除され、勉学に打ち込むことが許された。その期待に応え松本の街の中心部に開校して間もない筑摩《ちくま》商業学校に入学した。新しい時代の空気が性に合った。まだ交通手段のなかった当時は新村から松本へは歩いて行くのが普通であったが、満蔵は、当時裕福な家庭にしかなかった自転車を買い与えられ、誇らしげにそれで通学した。商業学校には街の有力な商家の子弟が多かった。早い話、大店《おおだな》の若旦那衆である。颯爽《さっそう》と自転車で通う満蔵はかれらの目には近郷《きんごう》の資産家のお坊ちゃんと映《うつ》った。若気の旺盛な危なっかしい若旦那衆に取り巻かれ、彼は意気揚々《いきようよう》としていた。若旦那たちは陽が明るい内は未来を嘱望《しょくぼう》された真面目な商業学校生であったが、日が暮れるとともに人柄ががらりと変わり、遊び好きの大旦那たちを見習った。紅灯《こうとう》に誘われて威勢《いせい》が良くなり酒場ばかりか横田や神明町《しんめいちょう》の色街《いろまち》にも足を向けた。

満蔵はごく自然にそのような仲間に馴染《なじ》み、いつの間にかリーダー的存在となっていた。気前がよかったので、街の女たちにも取り巻かれ、噂の種を撒《ま》き散らした。源蔵は、ひ弱な息子が家庭から社会へ出て人並みの人付き合いが出来るかどうか気がかりであった。それが杞憂《きゆう》であったことが分かり、多少羽目をはずしても寛容であった。次第に増える無用の出費にも黙って応えた。こうして満蔵は一端《いっぱし》の大旦那の風格さえ帯びるようになっていた。

巷《ちまた》の話の種になるほど放蕩三昧《ほうとうざんまい》に明け暮れていたので、学業を全うすることは難しいのではないかと父親を心配させたが、満蔵は地域の実業界のエリート集団ともいえる筑摩商業学校を首席《しゅせき》で卒業したのである。将来は政界や経済界の大物となると期待され、卒業と同時に当時日の出の勢いの「大蔵工業」に〝金の卵〟として迎えられることになった。

幼児のころとは想像もつかない変身を遂げた満蔵は、期待に違《たが》わず瞬く間に会社を牽引《けんいん》する逞《たくま》しい機関車の役割を担うようになった。四六時中、仕事以外のことは頭にない猛烈仕事人間になっていた。しかも、放蕩の道もますます盛んで、社交的で仕事のできる優秀社員として会社の首脳から高い評価をえることになった。こうして数年がたったある年の春、満蔵は社長室に呼び出された。会社の首脳がテーブルを囲んで顔をそろえていた。皆で何かを相談し、良い話が纏《まと》まったような明るい雰囲気が漂《ただよ》っている。社長は満蔵にテーブルに着くように勧め、やおら切り出した。

「秦越君、お呼びしたのはですねえ、今度、横浜の『生糸取引事務所』を『大蔵工業横浜支社』として、営業を拡大することにしました。これからはイギリスやフランスといったヨーロッパ以上にアメリカに目を向ける時代です。こういう時の流れを的確にキャッチして経営を進めるためには、優れた営業マンとしての能力と、なんといっても英語の実力が必須条件です。支社長を誰にするかみなで相談したんだがね、それは秦越君をおいて他にはいないということでみなの意見が一致しました。どうです？　受けてもらえますかな」

満蔵は社長の顔を真正面に見据えて何の躊躇《ためら》いもなく答えた。

「わかりました。喜んでお受けいたします。大変光栄なことです。秦越の運命は『大蔵工業』と共にあります。微力ながら全力を尽くして務めさせていただきます」

その言葉には自信があふれていた。満蔵は二つ返事でこの降ってわいたような横浜支社長就任を承諾《しょうだく》した。

「そう、それは有難う。頼もしいなあ。なるべく早く辞令を出しますが、横浜着任は四月からになります。向うへ赴任すると簡単には帰れませんから、片をつけることがあれば片付けておいてください。こんどの人事は君の人生の一つのけじめです。ついては少々差し出がましいんだがね、これからは大蔵の看板を背負って政界・財界のおれきれきともお付き合いする機会が増えます。社会的な信頼を得るためにも独り身では何かと不都合でしょう。貴君も二十八歳になりましょう。決して若すぎるということはないのですから、この辺が優雅な独身生活の年貢の納め時かもしれませんよ。御父上とも相談してください。朗報をお待ちしていますよ。ハハハハッ……」

「はい、承知いたしました。ご期待にお応えします」

「しっかりお願いしますよ」

満蔵の心は喜びに高鳴っていたが、それは単に支社長就任が嬉しかったからではない、より高度な能力を必要とする仕事を委託するに足る人物と評価されたからであった。その夜、裏町の松本一といわれる料亭松本楼で上司の専務や総務部長の他、親しい同僚たちが満蔵の横浜支社長就任祝いの宴を開いた。杯が重ねられるうちに満蔵の気持ちはますます大きくなり口調も滑らかであった。

「こうなればやりますよ！『大蔵』をニッポン一、いや東洋一にして見せます！」

「いよお、大統領！　頼んまっせ！」

「上州の富岡などと競っているようじゃ先は知れてる。いいか諸君！　これからは世界が相手だ。見ていてくれたまえ！」

酒の勢いもあったとはいえ、こんな大見得をきって満蔵は絶好調であった。

満蔵はさっそく父源蔵に横浜支社長として赴任することになった経緯を報告した。大蔵工業を日本一の企業に発展させ、ひいては我が国を西欧列強に肩を並べることができる強い近代国家にすることに全力を傾注したいことを熱く話した。ついては着任前に身を固めることを会社から要請されているので、この際、結婚したい。自分の立場を理解し献身してくれる適当な配偶者を見つけてほしい、と源蔵に頼んだ。源蔵はかねてから秦越家の後継者を手遅れにならない内に欲しいと願っていたので、すでに満蔵の嫁候補をあちこちへ手を廻してさがしていた。したがって、満蔵からのこの申し出は渡りに船であった。

「ああ、そうか、大蔵に入社してそんなに長いわけじゃないのにそりゃえらい出世だ。わしもうれしい。目をかけて下すったのだ。社長さまの期待に応えてしっかり務めるんだな。よし、わかった。嫁のことはわしに任せておけ。必ず気に入るいい娘を探してやるからな。ここはわしの出番だ」

源蔵は満蔵の嫁は、農家の娘ではなく町の商家の娘がふさわしいと勝手に決め、さっそく知り合いの松本の商業界を取り仕切る有力者のところへ出向いた。顔の広い商業界の会長はすぐ四方八方に手をまわし、たちまち若くて美しい評判の花嫁候補の写真を鞄にいっぱい詰めて秦越家へやってきた。源蔵はその中から自分の眼鏡に叶った、おっとりした顔つきの面長の可愛らしい娘を息子の花嫁候補に決めた。松本の大きな穀物問屋丸山商会を営む丸山福之助の長女千代であった。街では〝今町小町〟と評判になっていた。

源蔵は満蔵に見合い写真を見せ、この娘はきっといい嫁さんになる、わしの目に狂いはないと太鼓判《たいこばん》を押して勧めた。満蔵には特にこういう女性という考えはなかった。丈夫で夫に従順な女性であればあとは誰でもよかった。花嫁選びなどというものに関心を持つことは煩《わずら》わしくさえあった。父親が勧める花嫁候補は二十三歳だというので二つ返事で受け入れ、婚姻《こんいん》はなんの支障もなく秦越家と丸山家の間でとんとん拍子に整った。

こうして、横浜支社長就任が契機となって、秦越家の嫡男《ちゃくなん》満蔵と丸山家の長女千代との祝言《しゅうげん》が急遽《きゅうきょ》執《と》り行われることになった。農閑期が終わる三月の大安吉日の日、松本の資産家であり穀物問屋丸山商店の容姿端麗《ようしたんれい》な〝今町小町〟とうわさされる娘千代が、家人や親戚に伴われ、ハイヤーを連ねて秦越家へ輿《こし》入れしてきた。物見高い村の衆がお祝いも兼ねて見物に押しかけた。

「ふんとにお目出たいこんだいね。これで秦越の本家も安泰《あんたい》ちゅうもんせ」

「そうせ、こうなりゃ満蔵さも落ち着くじゃねえかい」

「満蔵さのこんじゃ源じっさまも苦労しなすったでね。じっさまどんなに嬉しからず」

「どうだい、豪勢じゃねえかね。松本のハイヤーを全部出したじゃねいかい。さすがにお大尽さまの婚礼は違うね」

「なんしてもお目出たいこんだいね」

「見ましょ！　嫁ごのきれいなこと！」

「だけんど、町の商家の箱入り娘だってんね。ここの百姓仕事がつとまるかいねえ。野良仕事はきついでねえ。しんぺいだいね」

村の衆は口さがなかった。

祝言には秦越家の親戚縁者、地域の蒼々《そうそう》たる名士、大蔵工業の幹部、筑摩商業学校の校長を始めとする教員、友人、ご近所の顔役、それに丸山商店の親族、商売上の取引関係等々まことに多彩な人間が広い屋敷に溢れるほど集まった。何時になく相好《そうごう》を崩しっぱなしの源蔵は祝い客と忙《せわ》しなく挨拶を交わしていた。あちらこちらで大きな笑い声があとを絶たなかった。

「源蔵殿、立派な跡継ぎができて、秦越家は万々歳ですな。いやあ、おめでとうございました」

「なんでも満蔵さは〝商業〟で首席だったたっていうこんだが、立派だね。わしらも先が楽しみだいね」

「〝大蔵〟でもこれからの会社を背負って立つ人物だって、てえした評判だじ」

祝い客は口々に満蔵を誉めそやした。

「秦越君、君はこれで一人前の押しも押されもしない『大蔵工業』横浜支社長です。横浜は君に任せたからしっかり頼みますよ」

社長が親愛の情をこめていった。

「はい、承知しました。どうぞこの秦越にお任せください。〝大蔵〟を〝世界の大蔵〟にしてみせますよ」

満蔵は自信たっぷりに胸をそらせて言い放った。

一座の主役として満蔵は過剰なほどの愛想を振りまいて、如才なく自分を売り込むことも忘れなかった。

誰からともなく婚礼の席では定番になっている祝い歌が始まった。

〝めでた　めでた〜の〜若松さまよ〜枝も栄えて葉も茂る〜……〟

祝い酒にいやがうえにも宴席は盛り上がった。

結婚式の祝言は、慣習に従って三日三晩に亘って繰り広げられた。儀礼的行事が一通り終わって四日目に、千代はようやく落ち着いて夫と二人だけの時間を持つことができた。夫となる人の顔を改めて正面から眺めた。色白で細面《ほそおもて》の目鼻立ちの整った男前であった。しかし、千代はどこか近寄り難いものも感じた。

「千代です。やっと落ち着きましたのであらためてご挨拶させていただきます。どうぞよろしくお願いいたします」

「うん、よろしく。とにかくひと段落した。これで横浜へ心置きなく赴任できる。俺には大蔵工業を『日本の大蔵』から『世界の大蔵』にする使命があるんだ。それを果たすまでは秦越家のことにかまってはいられないからね。お前はこの家の主婦になったのだ。十分わきまえていると思うが、男が外で心置きなく仕事が出来るよう家の万端《ばんたん》を整え子を産み育てることが主婦の任務だ。この家のことはお前にまかせるからあとはよろしく頼んだよ」

「お一人で横浜へいらっしゃるんですか？」

「うん、そうだ。向うの仕事に慣れるまでは一人のほうが動きやすいからね」

「お食事やお洗濯はどうなさるんですか？」

「女中さんをたのむことにするよ。面倒がなくていいからねえ」

「お家へは日曜日にはお帰りになれるんですか？」

「当分の間帰れんだろうなあ。俺のことは大丈夫だからお前はおやじやお袋となかよくやってくれ」

有無を言わせぬ断固たる語調であった。

千代は町の有力な商家の娘としてどこへ嫁がせても恥ずかしくない嫁となるように両親からしっかり躾けられた。江戸時代より「女大学」という書物を通じて「女の道」が説かれた。婦人（結婚した女性）は、夫にしっかり内助の務めをはたさなければならない。舅《しゅうと》、姑《しゅうとめ》を実の親より大切にし、夫の家を本当の家だと思いなさい、この家はもう自分の家だと思ってはならないと両親から繰り返し教えこまれていた。夫に尽くし、子をりっぱに育てる「良妻賢母」にならなければ、と千代は嫁ぐ前から覚悟を決めていた。

だから夫の言うことも当り前のことで、特別不都合なことだとは少しも思わなかった。しかし、夫は存分に仕事に打ち込むためには私が傍にいるのを煩《わずら》わしく思い、自分だけで赴任すると決めているのだ。それならば夫の気持ちに沿って尽くさなければならない。夫に異を唱えるのは良い妻ではない。それは「女の道」に外れることだ。千代は、「私はこの人の妻であり、秦越家の主婦なのだ」と何度も自分に言い聞かせたが、よき妻は常に夫のそばに寄り添っているべきではないだろうか。無理にでも横浜へついて行くべきではないかとも思い、また、いまは一時的な異常事態であっていずれその内に正常に戻るに違いないとも思い、得体の知れない不安に苛《さいな》まれた。

四月になると早々に満蔵は、大勢の人々の見送りを受けて、松本駅からすでに篠ノ井から新宿まで全通していた国鉄の列車に乗って横浜へ赴任した。周囲のものはだれもが新妻を同伴し、横浜で新婚生活を送るものと思っていたが、満蔵は新しい生活環境が整い落ち着いたら千代を呼ぶからと強く言い張ったのである。満蔵は新しい時代の息吹で活気溢れる新天地での活動に頭も心もいっぱいであった。海外との商取引の華やかな舞台で存分に自分の才能を発揮する夢に燃え上がっていた。甘美な新婚気分など入り込む余地などまったくなかった。鎖国によって文明化が遅れた日本を西欧列強に肩を並べる近代日本とするために貢献した維新の志士たちと同類の人間である。衝動に駆られて前へ前へと突き進む猛烈仕事人間の一人であった。近代文明国家「大日本帝国」を形成したのは、このような仕事の鬼たちであった。

その後、満蔵が新村へ姿を現したのは三ヶ月たって、松本本社の重役会議に出席するためであった。年に二、三回思い出したように帰ってきたが、社用を済ませると、そそくさと横浜へ帰っていった。

千代は結婚によって新しく定められた自分の〝本来の家〟としての秦越家の生活に早く馴染

もうと懸命だった。町の商家と里の農家では生活のリズムそのものが違っていた。農家では朝日の昇る前に野良に出て、やらねばならない農作業がいっぱいあった。千代も源蔵や作男たちと一緒に暗い内から野良に出た。一汗かいた後、朝日を浴びながら家に帰り朝食となった。食休みもそこそこに次の野良仕事にかかった。

もともと身体が華奢《きゃしゃ》だった千代にはこのような農家の生活のリズムは合わなかった。日毎に無理な仕事から生ずる疲労が溜まって行き、ついには体調不良を惹き起こした。みつは千代を気遣い野良に出ることをやめさせた。家の中には野良仕事とは違うさまざまな家事があり、これで終わりと言うことはない。掃除洗濯を始め裁縫、料理といった家事全般に亘って「女の道」の技能、作法は人並み以上に身に着けていた千代は家内の仕事を喜んでやった。

みつも甲斐甲斐しい千代の仕事ぶりには満足し、「針の運びが器用だねえ」とか、「お料理の味付けが田舎と違って垢抜《あかぬ》けているね。年寄りの口に合ってありがたいよ」とか、「掃除や片づけの手際がいいねえ」などと口に出して褒《ほ》めることを惜しまなかった。

秘かにいい嫁だと思うにつけ、こういう嫁を放り出し、秦越家の跡取りとしての務めを放棄している満蔵への憤懣《ふんまん》が募ると同時に、こういう仕打ちに健気《けなげ》に耐えている嫁をいじらしく思った。嫁として表に出せない秘かな情感を共有する者として同情し、哀れを感ぜずにはいられなかった。

第三章　愛子の誕生

一九一七（大正六）年四月、白雪に覆われた北アルプスの妙《たお》やかな山なみが田起《たおこ》しの始まった筑摩野に祝福の輝きを送っていた。この日、秦越家は朝から人々の出入りが慌しかった。滅多なことでは野良仕事を休んだことの無い源蔵もこの日ばかりは野良に出ることを止めたが、仕事が手につかぬようであった。みつは何時にもまして甲斐甲斐しく陣頭指揮を執っていた。

秦越家で働く奉公人たちも浮き浮きして落ち着かなかった。

「どっちずら。どっちだって目出たいがね」

「千代奥様の顔がきつかったじゃねえかね。ありゃ男の子だじ」

「そうせ、男だとじっさまはどんなにか嬉しからず」

そんなとりとめもない話が交わされていた。やがて、広い屋敷に元気な産声が響き渡った。経験豊かな腕のたしかな産婆さんと優しく頼もしいみつの手によって新しい命が無事取り上げられた。

「可愛い女の子だんね」とつたえられると、どっと歓声が上がった。居合わす人々があたり構わず慶びの挨拶を交わし、手を取り合って喜びを表した。

「いやあ、目出度い！　目出度い！」

「わしは初めっから女子《おなご》じゃねえかと思っていただが、やっぱそうだったかい。よかったよかった」

「一姫二太郎って言うでね。この次はきっと男だわね」

源蔵も相好《そうごう》を崩し、千代の傍に座った。

「千代さや、おめでとう！　よく頑張ったなあ。ご苦労さん！　いや、有難う！　お前に似てふんとに可愛い女子じゃ」

赤ちゃんを覚束《おぼつか》ない腕で抱き上げ、

「ああ、いい子だ、いい子だ」と目を細め揺すってあやした。

「じっさま、そんねに揺すっちゃあいけないわね。まだ首がすわらんだで、優しく抱かんと」

匂いたつ満開の桜が、新しい命の誕生に一層の華やぎを添えていた。近親者が大勢祝福につめかけたが、父親となる満蔵の姿はそこには無かった。源蔵はそんな息子に代わって、男子誕生の時の名前も女子の名前も考えておいた。

子供は愛子と命名された。子供が生まれて千代は〝賢母〟になろうと努めた。赤ん坊を元気に育てることに気持ちを集中させた。育児の本を読み、書いてないことはなんでも気楽にみつに相談した。みつも嫌な顔をみせず、手取り足取り教えた。愛子は千代とみつの愛情をいっぱい受けてすくすくと育った。

愛子の一歳のお宮参りの日に、社用で松本に来た満蔵は、千代やみつと一緒に天神さまへ出かけ殊勝にわが子の健やかな成長を祈願した。その日は一族郎党が松本一の鰻料理の老舗《しにせ》「柳家」に集まり、宮参りの祝宴を張った。満蔵は如才なく振る舞い、源蔵を安堵《あんど》させた。しかし、実家に一晩泊まると翌日にはあたふたと横浜へもどっていった。千代は、愛子をしっかり抱きしめて見送る他にどうすることもできなかった。

「ああ、これっぱかしのことに負けてはいけない。一人の手でもこの子をしっかりと育てることができなければ。よし、『良妻賢母』にならなくては」

と、言い知れぬ寂しさに負けまいと自分に言いきかせた。

一年後、秦越家の期待を担《にな》って二人目の子が生まれたが、また女の子であった。愛子の妹秀子である。みつに、

「おじっさま、また可愛い女の子だんね」と、告げられたが、源蔵は、

「ああ、そうか」と気のない返事を返しただけであった。源蔵がどんなに強く男の子を期待していたかがこれでうかがい知ることができる。嫡子である満蔵は源蔵の期待に反して秦越家の相続のことなど顧みることなく、実業界の道に身を投じている。男の子が生まれたら家督相続を孫に托すことに一縷《いちる》の望みを懸けていただけに失望は大きかった。こうなれば、愛子に養子を迎え、秦越家を継がせることも考えねばならなかった。まだあどけなさの残る愛子であった

が、源蔵やみつから秦越家の後継ぎとして当てにされ、家事、農作業を始め、年中行事、お義理と人付き合いなど事細かに教えこまれることになった。

＊　＊　＊

その頃はキツネやタヌキの天下であった筑摩野の林野が、突貫工事で切り開かれ、一九二一（大正九）年十月十六日、待望の筑摩鉄道が松本、新村間に開通した。新村駅前はそれによって、たちまち賑やかになった。肥料店、菓子屋、雑貨店、床屋、自転車屋さらには写真館、銭湯筑摩の湯、料理屋も出来た。筑摩鉄道の本社が新村駅に置かれたので、開通式はここで開かれた。松本や近隣の市町村の首長をはじめ知名士、功労者、それに鉄道関係者など多くの人々があつまった。秦越源蔵も地元の有力な協力者として来賓の中に名を連ねていた。

この日は朝から花火が打ち上げられ祝賀気分を煽《あお》っていた。祝賀の言葉が飛び交い肩を抱き合い、握手を交わし、誰もが興奮を抑えきれない様子であった。祝賀会場では演芸や仮装行列が賑々しく催された。近隣からも大勢の見物客が集まった。その中にみつに手を引かれ華やいだ愛子と、千代に抱っこされた秀子の姿もあった。建てられたばかりの新村駅の駅舎は大きな看板や五色の紙テープや幔幕《まんまく》で飾り立てられていた。ホームには木製の小型四輪単車の電車が停まっていた。

「ばあちゃん！　これが電車かい。でっかいね」

「そうだよ。なんでも電気で動くって話だよ」

「ふーん、すごいなあ、あたしも乗ってみてえなあ」

「そのうちばあちゃんと乗ろうな。秀子や、お前も一緒だなあ」

「はーい」秀子も晴れやかな笑顔であった。

お祭り気分に酔った乗客を満載した四輪単車の一番電車が、人々の歓声と万歳に送られて新村駅を発車した。乗物といえば馬が牽引する馬車しか見たことのない愛子は自分の力で動く巨大な乗り物の姿に圧倒された。この怪物のような乗り物はいったいどこへ人を運んで行くのか？　人並はずれておませであった愛子は、山の向うの遠い見知らぬ世界に思いを馳せていた。そして、ばあちゃんや秀子や作男の善助たちとこれに乗って行けたらどんなに楽しいかと胸をわくわくさせていた。

電車で松本の街へ手軽に行けるようになってから新《あたらし》の郷はにわかに活気を呈してきた。交通手段の進化が生活文化を変革するという法則は、筑摩鉄道の開通にも当てはまった。人の往き来だけではなく物資の流れがよくなった。新しい生活の変化は子供たちにも感じられた。電車への興味は日増しに強くなり子供たちは走っている電車を近くで見たい気持ちを抑えることができなくなった。

愛子は秀子を連れて近所の子供たちと電車を見に川の堤防を歩いて行った。秋の夕暮れ時は北アルプスの山並みが夕焼けに燃え、赤とんぼが飛び交い、烏の群れが鳴き交わしながら山のねぐらへ飛んでいった。どこかのお寺の鐘の音が遠くから聞こえてきた。線路に沿った稲刈りの終わった田圃でわいわいと鬼ごっこをしながら子供たちは電車の来るのを今か今かと待った。やがてガタンゴトン、ガタンゴトンとリズミカルな車輪の音がだんだん大きくなって、大きな電車が目の前を風を巻き上げて通り過ぎた。

「うわー、はやいなあ！」子供たちは喚声を上げ、電車が見えなくなるまでいつまでも手をふって見送った。

その後、母と電車に乗って愛子は秀子とともに松本の母の実家をたびたびたずねた。盆、正月は勿論、あめ市、恵比須講《えびすこう》、神道祭《しんとうさい》、天神祭りなど年行事の催しがある度に、子供たちは電車に乗る日を待ち望むようになった。丸山商店はいつも多くの人が出入りし活気が溢れていた。

千代の両親は、新村の家に滅多に帰ることのない不義理の限りの満蔵に対して、横浜での華やかな仕事ぶりの良い評判を聞いていたので不満どころか誇らしくさえ思っていた。一方では、一人で子供たちを育てている健気な千代が一入愛《ひとしおいと》おしかったので、来ると精一杯歓待することにしていた。その恩恵を一番うけたのは子供たちであった。新村の家ではハレの特別な日でない限り滅多に口に出来ない肉や魚それに果物やお菓子が食卓に並べられた。愛子と秀子にとって何よりも病みつきになってしまったのは蒲焼《かばやき》であった。松本一の鰻料理の老舗《しにせ》柳家にみなで揃ってでかけるときなど天国にいるかのように思われた。立派なうな重やうな丼は忘れることのできないこの世で一番のご馳走であった。電車に乗ることに慣れると愛子は秀子と連れ立って、母の実家に喜び勇んで出かけた。

みつは、まだ小学校にあがる前の愛子に裁縫や勝手仕事や礼儀作法も熱心に教え込んだ。それればかりではない。みつは里山の幸の楽しみ方に精通していた。屋敷林には雪が消えるころ蕗《ふき》の薹《とう》が顔を出した。せんげには和芹《わせり》のほかに〝しなぜり〟が群落をなしていた。はこべ、ほとけのざ、なずななど春の七草はすべて屋敷内で容易に集めることができた。こごみ、ぜんまい、わらび、さらにはたらの芽、こしあぶらなど本格的な山菜も豊富であった。みつはそれら一つ一つを手を取って教えた。愛子にはそれが無性に楽しかった。

屋敷内には多様な成り樹木があった。梅、さくらんぼ、杏《あんず》、なつめ、石榴《ざくろ》、無花果《いちじく》、柿、栗のほか山葡萄《やまぶどう》やあけび、さるなし等が樹木に巻きついていた。愛子は木に登って四季折々の果実をとることに夢中になった。そんな時、みつは愛子を守るために作男長助の子供善助を傍に付き添わせた。秋には屋敷林のあちこちに枯葉の下から茸が顔を出した。もとあし、畑しめじ、あみたけ、じこぼう、こむそう、えのきだけ、くりたけ等々まことに多様であった。みつはこういった里山の幸をどのように仕分け、仕込み、料理するかも教えたが、愛子はみつにへばり付くようにして砂漠の砂が水を吸い込むように覚えた。

＊　＊　＊

北アルプスの峰々が白くなり冷たい風を筑摩野に吹き降ろすころ、新の郷の農家では米の収穫がおわって一息つく間もなく冬支度で忙しくなる。どの家でも驚くほど大量の野沢菜と地大根を漬ける風景はこの辺の季節の風物詩となっていた。秦越家でも屋敷の中を流れる〝せんげ〟

で野沢菜と大根を洗い、何本もの樽に漬け込んだ。その際、肝心なのは塩の分量で、それぞれの家に家伝の秘方があった。みつは自慢の秘伝を事細かに孫娘に伝授した。

そのころ屋敷の中にある柿の木は鮮やかに色づいた実をつけた。愛子が身軽に木に登り柿をもいだ。長い冬を凌《しの》ぐのに必要な貴重な栄養源となる干し柿をつくるためである。皮をむき、藁で結《ゆ》わえたり、使い古した番傘の竹の骨の串に刺すのは夜なべ仕事であった。愛子が何をやっても器用にこなすのをみつは目を細めて眺めていた。

一息つく間もなく直ぐ年取りと正月の準備が始まった。一年の埃《ほこり》をはらうすす払いと屋敷中の大掃除、餅つき、そしてみつの得意なお節料理づくりと慌しく過ぎた。みつは、すべてについて丁寧にしかし厳しく愛子に手ほどきした。愛子は少しも苦痛を感じることなくどんなことも疎《おろそ》かにしないで身に着けていった。

秦越家には二階建ての天井の高い大きな蚕室が住居の後ろに建てられていた。お蚕さんが始まると誰もが寝る間もないほど忙しくなった。七歳になるかならないうちに愛子はまだ暗いうちから源じいさんと桑畑にでるようになった。竹で編んだ大きなボテを積んだ荷車を牛にひかせた源じいさんにくっついて桑畑に出かけた。摘み取った桑の葉が四つのボテにいっぱいになると蚕室へ運んだ。朝露で濡れた桑の葉を蚕に与えると蚕は病気になり死んでしまう。そこで蚕室の前の庭に広げられた大きなゴザに濡れた桑の葉を広げて乾燥させるのである。新しい桑の葉をすべての蚕棚の蚕篭《かいこかご》に配り終えると桑の葉を食《は》むいい音が蚕室を満たした。

「おじっさま、お蚕さんは美味そうに食べるね」

パリパリと音を立てて新鮮な桑の葉をむさぼっている蚕を顔がくっつきそうなほど近くで覗《のぞ》き込んだ。

「愛子のくれた桑をうめえうめえといって食ってるんだわ。いっぺえ食って良い繭《まゆ》をつくってくれるずらよ。さあ、朝飯だ……」

勝手場に続く囲炉裏《いろり》のある広い板の間に箱膳《はこぜん》が並べられていた。

蚕は春と秋に繭をつくる。その繭は周辺の多くの養蚕農家から集められ、新村にもできた製糸場へ運ばれた。そこで煮繭《しゃけん》され繰糸《そうし》された生糸《きいと》は筑摩鉄道で松本へ運ばれ、さらに国鉄で各地の製糸工場へ運ばれた。養蚕は信州での有力な産業となり、この里でも主要な収入源となっていた。

*　　*　　*

一九二五（大正十四）年四月、愛子は筑摩野尋常高等小学校に入学した。満開の桜並木の奈良井川の土手道を久しぶりに晴れやかな訪問着姿で明るい表情の千代にともなわれて、大きく手を振り、弾むように入学式へ向かう愛子の姿があった。

アルプスの妙《たお》やかな山並みが明るく二人を見守っていた。

入学すると近所の普段の遊び友達のほかにあちこちからの大勢の見知らぬ子供たちと一緒に

なった。愛子は、そういう見知らぬ子供たちともたちまち仲良くなった。その中に柄の大きい見るからに強そうな男の子がいた。この新井三郎は、新井組というこの地域の土木建設業の家の子であった。登下校には大勢の男の子が周りを取り巻いていた。

ある時、この餓鬼大将《がきだいしょう》の取り巻きの悪童たちが愛子と一緒に通学する養豚農家の女の子を捕まえて騒ぎ立てていた。一人の男の子が、

「おめえ、臭ええ……」

鼻をつまんでみせた。

「ブウー、ブウ、ブウ」

と何人かが豚の鳴き真似をして囃《はや》し立てた。

「おめえ！　ちょうせんだろう！」

「わーい、ちょうせん！　ちょうせん！」

女の子は歯を食いしばりいまにも泣き出しそうな顔をして耐えていた。そこへ友達と連れ立って下校してきた愛子が通りかかった。愛子には何が起きているのかすぐに分かった。

「何をしてんの！　みんなやめなっ！」

大きな声で一喝《いっかつ》すると、悪ガキたちは一瞬たじろいで動きを止めた。いじめられていた女の子はすぐ駆け寄って愛子の背中の後ろに身を隠した。それまで黙って傍観していた餓鬼大将に、

「さぶちゃん！　どうして止めないんだよう！　こんなの止めなきゃだめじゃん！　弱いもの

を助けるのがタイショウでしょう！」

言われた三郎は意外にも愛子のいうことを素直に聞き入れた。

「お前たち止めろよ！　弱い者いじめはだめだろう」と悪ガキたちに言い、そして女の子に、

「ごめんな、こんなこともうさせねえからな」と言った。

「さぶちゃん！　えらい！　立派だよ！　タイショウはそうでなくっちゃ駄目だよ！」

愛子は三郎に笑顔を見せて言った。三郎はなぜか愛子には素直に従った。愛子へのひそやかな恋慕の情があったのに違いない。

勉強も愛子にあやかろうと懸命だった。「教育勅語《きょういくちょくご》」や歴代天皇の名前を難なく暗記した愛子に負けまいと涙ぐましい努力をした。しかし、三郎にとっては「教育勅語」は日本語とはとても思えなかった。どの言葉も外国語のようであった。「教育勅語」は「チン　オモウニ　ワガコウソコウソウ　クニヲハジムルコトコウエンニ　トクヲタツルコトシンコウナリ　ワガシンミン　ヨクチュウニヨクコウニ　オクチョウココロヲイツニシテ　ヨヨソノビヲナセルハコレワガコクタイノセイカニシテ　キョウイクノシンゲンマタジツニココニソンス……」と三郎には意味不明のお経のように聞こえた。

三郎には最初の「チン」からして分からなかった。この純朴で少々下種《げす》ながき大将は「チン」という言葉の響きからあらぬものを連想したのでますます混迷を深くしたのである。まことに不敬な臣民であった。国の祝祭日や学校の節目の行事の日には、校長先生が気の毒なほど緊張

して恭《うやうや》しく白木の桐の箱から紫の紐で巻かれた「教育勅語」を取り出し、震える手で捧げ持ち、どこからそんな声が出るのかと不思議に思えるような甲高《かんだか》い声をあげて厳粛に「教育勅語」を読み上げた。少国民たちは、有難味を精いっぱい伝えようとする校長先生の思惑《おもわく》などお構いなしに、ひたすら早く「御名御璽《ぎょめいぎょじ》」（天皇の署名と押印で終わる）となることを念じながら直立不動で辛抱強くこれを聞かねばならなかった。

「教育勅語」にも増してさらに三郎を悩ませたのは、全生徒に強制された、歴代天皇の名前を暗唱することであった。

「ジンムスイゼイアンネイイトクコウトクコウショウ……」と、ひたすら暗唱の練習を繰り返したが、その霊験《れいけん》あらたかさが身に沁《し》みない不忠な少年には途中で混乱せずに「……メイジタイショウキンジョウ」までたどり着くことは不可能であった。その結果、たびたび廊下に立たされたり居残り練習をさせられることになった。その所為《せい》で、訳の分からない外国人のような難しい名前の暗唱を強制されることをこの不忠な少年は素直に受け入れることができなかった。先生にどんなに叱咤激励《しったげきれい》されても全部を暗唱することは無理であった。心のどこかで「畜生！　こんなことがいったいなんの役に立つんだ！」と訳もなく反発せずにはいられなかった。

「教育勅語」や歴代天皇の名前を暗唱することに悩まされ続けた三郎は、ある時、日頃天皇陛下について不思議に思っていることを母に尋ねた。

「なあ、母ちゃん、天皇陛下は人間の姿になった神様だって先生が云ってたけんど、ほんとにそうかい？　神様は屁《へ》をこいたり、ウンコはしねえのかなあ？　天皇様の写真を見るとチョビヒゲをはやして眼鏡をかけてるけんど神さまも目を悪くするだかい？　眼鏡なんてちっとも神さまらしくねえじゃん……」

それを聞くや母の顔いろがさっと変わった。

「さぶ！　何てこと言うだ。そんなこと言っちゃあいけん！　絶対にいけんよ！　だめ！　やめな！」

母はこれまで見たこともないものすごい剣幕で三郎を怒鳴りつけた。

「そんなこと学校や友達に云っちゃあいけないよ！　絶対にいけないよ！　そんなことが知れたら警察に捕まって、牢屋へ入れられちまうからね！　いいかい！　死刑になるんだよ！　わかったかい！　いいね！　わかったね！」

と、くどいほど何回も念を押した。その権幕《けんまく》がただ事でなかったので、何故かは謎のまま、天皇様についてうっかり口にすると恐ろしいことになるということだけは納得された。それから後、三郎は二度と「天皇陛下は神様らしくない」などと口走ることはなかった。

修身の時間も天皇の名前の暗唱を除くと、楠正成《くすのきまさしげ》、正行《まさゆき》父子、東郷平八郎、広瀬中佐、爆弾三勇士といった日本の勇ましい英雄たちの武勲《ぶくん》輝く話は、愛国少国民の心をときめかせずにはいなかった。三郎もいつの日か自分もそういう立派な英雄の列に名を連ねるような人間になろうと秘かに心に誓ったのであった。

おりしも日清・日露戦争に勝利し、第一次世界大戦でも戦勝国の仲間になった日本は、世界から〝一等国〟として認められるようになった。列強に引けを取らない強国になることを国家的大目標にした政府は富国強兵《ふこくきょうへい》をさらに進めた。〝一億一心《いちおくいっしん》〟の国づくりのために修身や国史などを通して「皇国教育」を徹底し、無邪気な子供たちを〝皇国臣民《こうこくしんみん》〟に育成することに力を注いだ。その結果、日本は世界で唯一の〝神国〟であり、世界で最も優れた単一の純粋な大和《やまと》民族《みんぞく》の国家であるという〝神話〟になんの疑いもなく心酔する熱烈な愛国少年少女が育成された。そういう教育によって三郎も尋常《じんじょう》高等小学校を卒業すると迷いなく〝予科練《よかれん》〟を志願し、〝滅私奉公《めっしほうこう》〟に徹する誰にも負けない〝忠君愛国者〟となった。

＊　＊　＊

神童と讃えられ、商業学校を抜群の成績で卒業した父親満蔵の血筋を愛子は継いでいた。このことは、入学直後から周りのだれもが認めることとなった。全生徒に暗唱することが強制され、三郎をあれほど苦しめた「教育勅語」や「歴代天皇名」を一年生の夏休みに入る前にはどちらもすらすらと暗唱できた。二年生になると九九を丸暗記していた。三年生の時には祖父の本棚にある平塚らいてうや与謝野晶子の本を貪《むさぼ》るように読むようになった。源蔵はそれを見て、

「お前は見上げたもんだなあ。これからは女子《おなご》といえども男と同じように社会で活躍できるようにならねばならんが、そのためには学問をする必要がある。まず本を読むことだ。読みたい本があったら遠慮しなんで言えよ。買ってやるでな」

愛子はおじっ様が買い与えてくれる本を読むことで、格別苦労することなくおじっ様も顔負けの人権意識を培《つちか》った。したがって、夫が何時《いつ》も不在で後家《ごけ》暮らしのような侘《わび》しい思いを心の奥深くに封じ込んでいる母親を見るにつけ〝家〟や〝夫〟に従うことを唯一絶対的な女の道として躾《しつけ》られた女性の姿は、子供心にも哀れに思えた。幼いながら男尊女卑の理不尽さを思わずにはいられなかった。その気持ちを母親に対してどのように伝えればよいのかわからなかった。

「おっか様、おとっ様はそのうちにきっと帰ってくるよ。お仕事が忙しいんだわ。私がおっか様をたすけるからね。大丈夫だよ」

母親にこんな慰めの言葉をかけるのが精いっぱいであった。

＊　＊　＊

源蔵は知的能力が高いばかりでなく、抜群の生産成果を上げて周囲の模範《もはん》的な農業者であった。いわば文武両道に長《た》けていた。勤勉が美徳とされ、勤労以外のことは無駄こととして戒《いまし》められる世相であったが、源蔵は一向にそんなことには頓着《とんちゃく》しなかった。源蔵の体内の奥深いところには狩猟・採集時代の原始の血が潜《ひそ》んでいるらしい。それが折りに触れて騒ぎだし、源蔵はじっとしていることができず、〝山遊び〟や〝川遊び〟に夢中になった。

「人間は遊びを忘れると馬鹿になるぞ」が源蔵の口癖だった。源蔵はそれを有言実行した。

梓川沿いの島々《しましま》の山に登ると尾根筋には松茸のシロがあった。源蔵は自分だけの秘密のシロをいくつか持っていて、毎年季節になると身内の者を引き連れて松茸狩りを楽しむのを年中行事にしていた。

稲刈りが一段落し、明るい秋空が筑摩野の上に広がり、里山が紅葉に燃え立つような日であった。源蔵は暗いうちから馬を馬車につなぎ、松茸狩りと現場での昼食の「きのこ鍋」に必要な大きな鍋や食器類、野菜、しょうゆや味噌などの調味料などを入念に調えた。朝日が顔をだすころ朝食をすませた愛子や秀子を先頭に一党が馬車に乗り込んだ。作男の金山長助が手綱をとった。愛子も秀子も大冒険旅行に出かけるような興奮に包まれ心を弾ませていた。

一時間余り行くと島々宿の入り口に着いた。梓川の手前を上流に向かってしばらく行くと道はなくなりちょっとした広場がある。そこへ馬車を止め、馬は馬車の枷《かせ》から解放されて近くの木立につながれた。

「さあ、ここで昼飯の松茸鍋にするから莚《むしろ》を敷いて場所を作れ。千代さや、長助さの女衆と残って昼飯の準備をしておくれ。あとはみんなわしの後について山に登るぞ。山は広いで、勝手に歩いちゃいけんぞ。迷子になると松茸どころじゃなくなるでな。じゃあ、行くか。善助や子供たちを頼むでな」

草が踏み倒された道らしきものを一斉に威勢よく登り始めた。

「秀子、姉ちゃんの傍を離れちゃあいけんよ」

二人は祖父の後を犬ころのように足取りも軽くついていった。道らしいものがなくなると結構な上りの斜面になった。源蔵は確かな足取りで先にたって登って行く。三十分ほど登ると尾根筋に出た。

「さあ、尾根に出たが、このあたりから松茸が生えてるでな、少し広がってよーく注意して探せ。愛子と秀子はじいじの後についておいで。松茸を教えてやるでな」

「はーい！」しばらく歩いた時、

「ほい、ほれ！　そこに生えてるぞ」

「えー、どこどこ？」

「ああ踏んじゃあいけねえぞ。ほれ！　ここだ！」

松の木の下の枯葉を持ち上げてもっこりとしっかりした茎の太い松茸が頭をもたげていた。

「うわあい、あったあ！　これが松茸？」

「そうだ。根っこが深いでな、途中で折らねえように掘り出せ。そうそう、上手だなあ。ほれ、その直ぐ横にもあるぞ」

「あっ！　ほんとうだ、あった、あった！　秀子これ採りな！」

きのこは次々に見つかった。愛子は野生の遺伝子をより多く受け継いだようで、松茸のシロを直ぐに見つけられるようになった。

「秀子、ほら、そこ、足元に顔出してるじゃん。踏みつけちゃあいけないよ！」

二人はもう夢中だった。一時間もすると誰の魚篭《びく》も松茸でいっぱいになった。源蔵は大きなボテを背負っていたがそれもいつの間にか松茸がこぼれそうになっていた。

「さあ、このくれえにしとくかなあ。どうだ愛子、秀子、採れたか？　どれどれ」と言って二人の魚篭をのぞいた。

「おお、たんと採ったなあ。すごい、すごい、もう松茸採り名人だわな。はっ、はっ、はっ……」

「ふっ、ふっ、ふっ……」

愛子は秀子と顔を見合わせて得意満面であった。

千代と善助の女房お花が、すでにきのこ鍋の用意を整えていた。竹の皮に包まれたカシワ肉が葱や白菜と一緒に鍋に入れられ、松茸や源蔵がとってきた雑きのこが加えられ、タレで味付けされ、あっと言う間に出来上がった。採りたての茸の味は格別のものがある。思い思いに鍋をつつきながら握り飯をほおばった。源蔵は採った松茸の中から傘が五分開きほどの茎が太く傘が厚く大きなずしりと重いものを選び、炭火で焼いた。焼きあがるとするめのように裂き、塩を振って皆に食べさせた。

「どうだやあ？　アジは？」

「うーん、ジュワっとして甘くてうまーい！」

「これが松茸の本当の味だ。採り立ての若いのでないとこの味はでないな」

「じっちゃん、ありがとう！」

大きなボテいっぱいの松茸を積んで、山頂を白く化粧したアルプスの山並と紅葉に燃える前山を背にご機嫌な一行を乗せた馬車は長い影を引いて帰途に着いた。あかね蜻蛉《とんぼ》が群れになって飛び交っていた。

〝兎追いしかの山〜こぶな釣りしかの川〜……〟

愛子が歌いだすとみなが声を合わせて歌った。仕合わせな秋の一日であった。

そのほか農作業が一段落し、木枯らしが西山から吹き降ろすころ、源蔵は投げ網を担いで奈良井川へ出かけた。愛子もお手子《てこ》代わりに同行させられた。源蔵は投げ網の名人でもあった。岩魚、やまめ、ます、うぐいなどいろんな魚が一打ちごとに獲《と》れた。また時として日本海から遡上《そじょう》した鮭が奈良井川の狭い支流にも迷い込んできた。源蔵はそのような獲物を見逃すことはなかった。獲ったさまざまな川魚は、みつが腕をふるいたちまち豪華なご馳走に仕上げられた。千代も商家風の手料理を付け加えた。こうして秦越家の食卓は季節ごとに自然の幸が豪華であった。

愛子の仕事ぶりは父親不在のなかで長女としての自覚をもって大人顔負けだった。源蔵はそんな孫娘をいじらしく思い、不憫《ふびん》にも思っていた。みつがそのような孫娘に目をかけていることを嬉しく思っていた。もともと芝居が好きだった源蔵は松本の芝居小屋へ愛子を連れてゆくこともあった。開明派の源蔵は人権意識が高かった。あるとき、安曇の自由民権家として活動していた松沢求策が創った「民権鏡《みんけんのかがみ》加助《かすけ》の面影」の芝居が「松本座」で再演されていた。求策の思想に共鳴していた源蔵は、新しい時代の人間としての生き方を教えようと愛子を連れて行った。

多感で純真な愛子はこの芝居の本質をしっかり感じ取っていた。愛子には農民にたいする藩主《はんしゅ》や家老《かろう》の仕打ちが酷《むご》いことに思われ、加助や一緒に処刑された子供たちが堪《たま》らなく可哀相で涙が止まらなかった。幕がおりてからも悲しい気持ちは晴れなかった。しかし、劇場を出て賑やかな街をおじっ様に手を引かれて歩いている内にそれは次第に薄れてゆき、開店間もない洋食専門の「上土《あげつち》レストラン」で評判のカレーライスをご馳走してもらうともうすっかり消えてしまっていた。

新の郷では春と秋に鎮守《ちんじゅ》様のお祭りがあった。春は大谷神社、秋は水崎神社で村を挙げて盛大に祝われた。どの家も親類縁者を招いて精一杯のおもてなしをする。宵祭《よいまつ》りから神社の参道や境内《けいだい》には屋台が並び、アセチレンガスの灯かりが幅を利かせていた。カーバイトの匂いは村祭りの夜の匂いであった。女の子たちは晴れ着を着て、大人に手を引かれてはしゃぎ合っていた。愛子と秀子もみつと千代に連れられて喜び勇んで祭りに出かけた。

いろんな屋台が出て客寄せの呼び声が威勢よく飛び交っている。焼烏賊《やきいか》のにおいが鼻をくすぐった。赤や黄色、緑色のニッキ水がひょうたん型の可愛いガラス瓶に入れられて子供たちを誘惑した。大きな缶の中がグルグル回ると真ん中から白い雲が吹き出てそれがホカホカに大きく巻き取られてワタアメになる。愛子は母親の顔を見上げて、

「お母ちゃん、ワタアメってどんなアジがするずら。一度食べてみてえなあ」と言った。

みつが千代より早く、

「そうだなあ。たべてえずらなあ。よしよし。買ってやるで」

「ああ、お義母《かあ》さんすみません。お前たちよかったねえ」千代は礼を言った。

「いっぽんでいいよ。秀子と一緒に食べたいから」

「ふーん、そうかい」

みつはワタアメを一本買い、愛子に手渡した。愛子は、

「秀子、私はこっちからたべるから、お前はそっちから食べな」

二人はワタアメに顔をくっつけてかぶりついた。

「ウーン、あまーい！　ワハハ……」

秀子がはち切れそうな笑顔で叫んだ。

「うん、うん、甘いねえ！　ハハハ……」

愛子もワタアメにかぶりつきながら答えた。なんの食べ応えもなく甘さだけが口いっぱいに残ったが、二人は大満足だった。


お祭りには親類縁者を招いて盛大な祝宴が開かれるのが慣わしであった。客はハレのご馳走でもてなされる。秦越家では赤飯とそばは欠かされることはなかった。みつはそば打ち名人と

いわれていた母親からそば打ちを伝授されていた。みつの打ったそばは美味いことで評判であった。蕎麦粉八合に小麦粉二合をまぜ、屋敷内の湧き水で捏《こ》ね、鏡餅のように形を整え、それを一本の延《の》し棒で大きな均一な薄い円板状に延《の》した。

蕎麦粉が見る見るうちに姿がまったく違うそばに変わってゆく。それを目を丸くして見入っていた愛子には、お婆っさまが魔法使いのように思えた。薄く均一に大きく延されたそばは、きれいに八つ折に畳《たた》まれた。ただの粉が瞬く間に細長いそばになった。魔法使いのおばあさんは、それを包丁でトントントンと手早く同じ幅で切り揃えた。

「うわあ、たまげたあ！　魔法みたいだね」

その魔法をお婆っさまからどうしても習《なら》わなければと思った。

「魔法なんかじゃないだよ。ちょっと習やあ誰でも打てるわね」

「お婆っさま！　私にもできるかやあ。打ちてえなあ」

「うん、そうかい。じゃあ教えてやらっかねえ」

みつは直ぐに蕎麦粉八合、小麦粉二合を捏《こ》ね鉢に取り分けた。

「蕎麦粉八合、小麦粉二合でこれが『二八蕎麦《にはちそば》』だ。これをおよそ粉の半分の量、いまは五合の水で捏《こ》ねるんだよ。粉と水がよく混ざるように両手の指をこまざらいのように立てて全体を万遍《まんべん》なくかき回すんだよ」

みつは水回し、捏ね、延し、畳み、切りのそば打ちの手順を一つ一つ丁寧に手ほどきした。

粉がまったく姿を変えてそばになってゆくのに驚嘆の声を上げた愛子は、目を輝かせてみつの手ほどきを熱心に受けた。

「うーん、初めてにしちゃあ上出来だ。そば打ち名人の素質があるな」

「ほんとう？　嬉しいなあ」

愛子は汗を拭いた。みつの教え上手に乗せられて愛子は、その後も折に触れてそば打ちを重ねた。源蔵からも、

「ばあちゃんより上手くなったぞ。これなら一見《いちげん》のお客にもだせるわな」とお墨付きを貰えるようになった。

みつと千代は、愛子と秀子の成長ぶりや秦越家の取り留めもない日常のあれこれについて、こまめに横浜にいる満蔵へ手紙を書いた。しかし、満蔵からは忘れたころ紋切り型の素っ気ないはがきの返信がくるだけであった。千代は「女大学」の教えを実践できる良き嫁であろうと努めたが、夫不在の日常にその意欲は空回りするだけで、寂しさが募っていった。

それはやがて一人の女性の純な心に黒雲のような疑念を湧きださせた。忍従していた女性の自我の目覚めであった。秦越家に嫁《とつ》いで以来の生活がたいへん空しいものに思えてきた。夫婦とは何なのか？　結婚とは何なのか？　そういう疑念が浮かぶたびに千代は徐々に心を蝕《むしば》まれていった。

愛子にとっても、もはや父親はこの家とは無縁の別世界の人間でしかなくなり、それが無性

に寂しく思えるのであった。そういう思いはこの家での自分の役割が特別なものになっている
ことを自覚させずにはいなかった。愛子は、みつと千代をますます健気《けなげ》に援《たす》けた。
おさんどんを手伝い、おこ昼を作り、それを野良へ運ぶのも愛子の仕事となったが、そうい
う仕事が愛子には楽しかった。次第に愛子は四季折々の野良仕事を大人と一緒にやるようにな
った。身体つきも齢《とし》のわりには大柄であった愛子は、作男の長助や善助たちの手取り足取りの
手ほどきのお陰で、いつの間にかたくましい一人前の百姓の女衆に育っていた。

第四章　秦越家の没落

その頃、満蔵は大蔵工業横浜支社の支社長として生糸取引に辣腕《らつわん》を振るっていた。

大蔵工業の社運が右肩上がりに目覚しい発展を遂げていたのは、満蔵の働きが貢献していることは疑いなかった。満蔵は、得意の英語を駆使して海外の手強《てごわ》いバイヤーたちと対等に渡り合い、決して引けをとることはなかった。それまでは日本側の売り手が主導して生糸の相場を決めることが難しかったのはコミュニケーションの力が致命的に弱かったからである。相手の言い値を受け入れる他なかった会社の誰もが満蔵の外国商社との取引の鮮やかな対応に一目置いた。才能のある猛烈仕事人間には仕事以外のことは目に入らなくなってしまうものだが、まさにいまの満蔵がそうであった。

時流にのり海外との取引は順調であった。まさに順風満帆であった。金回りもよくなると生糸相場に手を広げることになるのも自然の成り行きであった。やればやるほど利益が上がった。仕事頭はビジネスのことだけでいっぱいで、もはや筑摩野のことなど頭の片隅にもなかった。仕事の虫になった男が羽振りが良くなると怖いものなしになる。業界の有力者や外国の顧客との豪勢な酒席やパーテイが連夜のごとく続いた。気前よく金を使う満蔵の周りには女たちが群がった。女性をめぐるトラブルが後を絶たなかったが、そのたびに金ですべてが解決された。満蔵の前途は洋々として阻むものは何もないように見えた。

だが一九二〇（大正九）年、経済界は恐慌に見舞われた。株や生糸相場が大暴落し、満蔵もその怒涛に巻き込まれた。あっという間にどん底まで突き落とされた。相場の損失を取り戻すためについには秦越家先祖伝来の田畑、林野、屋敷など財産のすべてをつぎ込んだ。そんな捨て身の努力も焼け石に水であった。

生糸相場が大暴落した余波は新の郷にも押し寄せた。家族同様に大事に育てた現金収入の金づるの繭がただ同然の値段でしか引き取ってもらえなかった。貴重な現金収入の道が閉ざされて、養蚕農家はたちまち苦境に落ち込んだ。源蔵は配下の百姓たちの窮状を何とか救済しようと奔走した。しかし、金融界も軒並み危機的状況になっていた。

こんな時満蔵がいてくれたらと願ったがむなしいことであった。その頼みの満蔵は、米国を主とした国際的な生糸取引の最前線で絶望的な窮地に追い込まれていた。〝恐慌〟という超大型の暴風のように吹き荒れる猛威に対して農家、とりわけ養蚕農家はなすすべもなかった。

源蔵はどうしてこのような理不尽なことが起きるのか理解できなかった。資本主義経済体制では宿命的な〝恐慌〟という経済的現象であることなど知る由もなかった。ただただ正体の知れない巨大な魔物に弄《もてあそ》ばれているかのようにもがき苦しむだけであった。わが身の不甲斐なさが情けなかった。

万策尽きて救いようのない日々を過ごすうちに源蔵は過労と心痛で体調を崩した。体中の筋肉がこわばり、首回りと肩の凝りがひどく、全身に倦怠が強まった。しばらくすると胸のあたりに圧迫感を感じ、呼吸が困難になった。医者にかかろうと思っていたが一日延ばしにしていた。疲労が蓄積した結果だと勝手に自己診断し、少し休息すれば回復すると思っていた。しかし、それは全くの見込み違いであった。老年期に達していた源蔵の肉体はもはや取り返しのつかない状態になっていた。

数日経ったある朝、起きぬけに厠《かわや》から部屋へ戻る途中突然失神して倒れた。心筋梗塞の発作であった。源蔵はそのまま二度と起き上がることはなかった。何も為す術もなくあっという間の急逝であった。

突然の現実に直面し、気丈なみつも呆然自失する他なかった。愛子と秀子も源蔵の亡骸《なきがら》に取りすがり「じいちゃーん！　じいちゃーん！」と泣き叫ぶしかなかった。

地域の有力者にふさわしく市長をはじめ当地の政財界の名士が顔をそろえた葬儀が執り行われた。本来ならば喪主としての役目を果たさねばならない満蔵は、こんな時にもついに姿を現さなかった。

世界恐慌は一九二〇（大正九）年、一九二七（昭和二）年、一九二九（昭和四）年と波状的に襲ってきた。一九二九年の恐慌は、ニューヨークの株価が大暴落したのが導火線となって世界恐慌を惹き起こし、日本の経済界にも致命的な打撃を与えた。一九三〇（昭和五）年、農作物、米、生糸・繭の値が大暴落した。翌昭和六年には養蚕不況が極限になったあおりで大蔵工業も大打撃を蒙《こうむ》った。横浜支店の破綻《はたん》はもはやつくろう術がなかった。

秦越家のすべての私財までもなげうって最後まで強気で〝攻め〟に徹した満蔵のすべての措置は水泡に帰した。世界恐慌は、社会の経済分野の人災だが、大地震や大型台風のような天災と同じで、個々の人間の力ではどうすることもできなかった。満蔵の抜群の才能をもってしてももはや施す術もなかった。

莫大な借財をのこして再起不能に陥り、孤立無援の窮状に追い込まれた満蔵は、いつの間にか横浜から姿を消していた。それまで横浜支社のすべてを支社長任せにしていた大蔵工業にとって満蔵の失踪《しっそう》は社運を左右する重大事であった。会社は八方手を尽くして必死に捜索したが手掛かりさえつかむことができなかった。ただ、海外商社の関係者から秦越満蔵はアラブ系の船で密かに日本を脱出したらしいという情報がもたらされた。しかしその情報を確認することはできず、満蔵の消息はそれ以後杳《よう》として知れなかった。

満蔵はその後、秦越家の人々の前に現れることはなかったが、生糸貿易ではアラブ諸国のバイヤーとも秘かに取引していた。取引が繰り返されるうちにイスタンブールの或る大富豪と特別親密になっていた。大蔵工業の横浜支社が天井知らずの利益を上げていたころ、満蔵は支社長の権限を巧みに利用してその大富豪を介して抜け目なく密かにアラブの金融機関に私的な蓄財のための手を打っていた。満蔵は、ビジネスというより犯罪というべき危険この上もないこのようなことを朝飯前にやってのける才能も具《そな》えていたのだ。

あれほど世界を揺り動かした恐慌のことが過去の話となったころ、満蔵から千代宛の名義ではがきが届いた。レバノンのベイルートの消印があった。無事であることと、事情があって日本には帰れないことが事務的に無愛想に認められていただけだった。

一九三〇（昭和五）年の雪の舞う寒中のある日、債権管理者の一団が秦越家にやって来た。執行者たちは無遠慮に踏み込んできた。上等な桐の箪笥《たんす》、螺鈿細工《らでんざいく》の施された中国製の違い棚、骨董《こっとう》価値の高い掛け軸や壷、花瓶、絵などの美術品、勝手場の調度品に至るまで一つ一つ丹念に調べられ確認され、次々に手早く封印されていった。

秦越家とはもともとは血縁のない別の家から輿《こし》入れしてきた千代が、嫁入り支度として持ってきた箪笥や長持ちその他の調度品のほかに大切にしてきた衣装や装身具にいたる私物まで根こそぎ封印され没収された。千代は何事が起きているのかもはっきり分からないままに、なすすべもなく呆然《ぼうぜん》と眺めているほかなかった。身の回りの大切なものが片端から次々に取り上げられる。一人だけ世界から取り残されたような心細さに襲われ、得体のしれない恐怖に体が凍りつき気を失いそうであった。

「満蔵さ！　どうして？　どうして、こんなことに？　お願い！　助けてください！」

心の中で必死に満蔵に向かって叫んだが、そんな叫びが満蔵に届くはずもなかった。

こうして先祖代々引き継がれてきた農地、山林、家作《かさく》、屋敷の家屋、蔵をはじめ建造物の全て、家財道具の全てが接収された。秦越家の財産の全てを失い、何代も続いた由緒ある秦越家はこうしてあっけなく没落したのであった。

秦越家と上條家（みつの実家）の近親者が集まって、あとに残されたみつと千代、愛子、秀子の母娘《おやこ》の身の振り方について相談するために親族会議が開かれた。みつは、常に不憫《ふびん》な嫁をいたわり励ましてきたが、そういうみつの優しい心遣いに励まされ千代はなんとかこれまで過ごすことができてきた。

しかし、農家に嫁ぎながら野良仕事ができず、屋敷の奥で限られた家事をこなす他なかったことは千代の心の負担となっていた。何かをする意欲が薄れ、ぼんやりと部屋に一人で引きこもりがちになる。仕事の鬼になって、家族を顧みることもできなくなっていた夫からは見捨てられたも同然の千代にとって、もはや秦越家には居場所はなかった。千代は生きる資格を喪失《そうしつ》した人生の落後者のように憔悴《しょうすい》しきって一日一日を過ごすだけになっていた。愛子と秀子を自分の手で育てることなど思いもよらないことであった。こうして、千代は周りが取り進めるままに何の反応も見せず丸山の実家に引き取られていった。

実家に出戻ることになった千代は生きる意欲が消えてしまい、亡霊のようにぼんやりと虚ろな目でどこか遠くを見ているようになった。医者に診てもらったが、重症のうつ病（神経衰弱）

で有効な治療法はなく、周りが注意して行動を見守るほかないと言われた。次第に食べなくなり、家の中を幽霊のようにふわふわとうろつく。そのうちに実の母親や愛子を識別することも難しくなった。何も悪いことをしたわけでもなく「女大学」の教えを一途に守った理想的な嫁であった。

月が明るく照らす夜であった。千代の行動に家人は気を配っていたが、ほんのわずかな隙に千代は空中を浮かぶような足取りで外へ彷徨《さまよ》いだしていた。体をゆらゆらさせながら月明かりの川沿いの土手道をあてもなく歩いた。

どのような道をたどったのか分らぬまま、千代はいつのまにか奈良井川の岳見橋《たけみばし》の上にいた。冷たい川から身体をこわばらせるような寒気が吹き上げていた。ゆったりと流れる川面に金色の月が映って川の流れに揺れていた。千代は橋の上から揺れる金色の月に見入っていた。きれいだなあ、とうっとり見とれた。その美しさに誘われるように千代は橋から身を乗り出しゆれる月をつかもうと手を伸ばした。千代の体はゆっくり弧を描いて冷たい奈良井川に落ちていった。わずかな水しぶきを上げただけで千代の体は流れに飲み込まれ、二日後の夕方、梓川《あずさがわ》と合流する押野崎《おしのざき》の手前の犀川《さいがわ》の中州で千代の亡骸《なきがら》が発見された。

こうして「女大学」の教えを身に着けた罪のない〝やまとなでしこ〟の一人が、まだ若い命を絶った。千代の実家のわずかな親族のほかには愛子と秀子が千代の彼岸への寂しい旅立ちを見送った。すでに行き方知れずの満蔵には連絡する術もなく、したがって、妻の最後に立ち会うことはなかった。

生まれ育った商家の生活環境とはまったく異なる農家の暮らしに馴染むことが難しく、なによりも仕事の鬼でしかなかった夫の身勝手さの生贄《いけにえ》となった千代は、それでも善き良妻賢母であろうと健気に振舞い、苦しんだ挙句、空しいもがきの内に薄幸の短い人生を終えたのである。

愛子は身近でそのような母親の人知れぬ哀しみ、苦しみを痛いほど見てきた。それだけに、深い悲しみとともに説明のつかない憤りに駆られた。母親への同情がつのれば、つのるほど自分の仕事のことしか念頭にない男の身勝手さと非情な仕打ちを憎まずにはいられなかった。男次第でしか生きられない女の悲哀が愛子の心に刻印された。愛子の心の底に男尊女卑の常識への強い疑念とともに怒りが芽生え、母親のような悲劇をなくすにはどうしたらよいのかという問題意識が重く遺《のこ》った。

それに比べ根っからの農民であった祖父源蔵と祖母みつの夫婦のあり方はまったく違うものであった。百姓の仕事は男も女もなかった。共同しなければやっていけないのだ。夫婦喧嘩などに時間を浪費してなどいられない。だからおのずから仲睦《なかむつ》まじくなる。源蔵は文明開化に目を開かされ人権に対する意識も高かった。

息子の満蔵は、そういう父親の感化を受け、自主・進取の気概にあふれていたのだが、文明開化の洗礼を受けた優勝劣敗原理の信奉者たちの典型的な一人となった。彼らは有能で勤勉であり、努力によって向上することを確固たる信条としていた。努力によって業績を上げ成功者となることが最大の目標であった。それが男子たるものの本懐であった。そのためには家庭や家族の幸せなどは二の次三の次ということになった。

愛子はそのような男になってしまった父親が恨《うら》めしかった。こういう男の影で、「女大学」で鋳造《ちゅうぞう》された〝やまとなでしこ〟たちが忍従しているのだ。愛子は父満蔵と母千代の夫婦の在り方を目の当たりにして、女が家や男に依存していることの理不尽さを骨の髄まで思い知らされた。その感情は自然の成り行きとして女性差別への反逆意識を助長させずにはいなかった。

まもなく、みつは、愛子と秀子を連れて上條の実家を頼って移っていった。長年苦労を共にした優しい心根の夫に唐突に先立たれたみつの落胆《らくたん》はみるも哀れであった。それに拍車をかけるような息子満蔵の不始末の結果である一家の没落、それに千代の不憫《ふびん》な死などが重なり、あれほど活力に満ち溢れていたかつての気丈《きじょう》な明治女の面影はもはやなかった。不肖《ふしょう》の息子満蔵の行状は恨《うら》めしかった。病弱だったので人一倍気を使って大事に育てたはずだったのにどうしてこんな人間になってしまったのか？　なんでも聞き入れ許してきたことが仇《あだ》となり、重要な躾《しつけ》を間違ったのではないか？　その欠陥《けっかん》が嫁の千代にも致命的なダメージを与えるような事になってしまったのに違いない。そう思うと気が狂いそうなほど悔やまれた。

実家に身を寄せざるを得なくなったとはいえそれに甘んじていることは健気なみつにとっては耐えられなかった。そのような心痛が急速に健康をむしばんでいった。気持ちとは裏腹に体の動きが次第に鈍くなり老いが急速に進行したようであった。咳き込むことが多くなり、体の節々の痛みを訴えながら寝込むことが日常的になった。愛子はそんな祖母を懸命に介護した。

正月が過ぎ春の気配が感じられるある日、授業を受けている教室に小使いさんが急《せ》き込んでやってきて、すぐ職員室へ行くようにとの連絡を届けた。職員室へゆくと校長先生から、

「いま家から連絡がありました、すぐ家に帰るように」と伝えられた。校長先生の態度からただ事でない気配を感じた。

校門で四年生であった秀子を待ち一緒になって、「お婆っさま！　死んじゃあやだよっ！」何もはばかることなく大声をあげて泣いた。奈良井川の土手道を鞄を横抱きにし、おかっぱ頭を振り乱して愛子と秀子は転がるように必死に走った。

そんな姉妹を慈しむように真白に輝くアルプスの山並みが見守っていた。日陰に雪の残る筑摩野を電車がはしっていた。

息を弾ませた二人はみつの枕辺に座った。みつは衰えた手を懸命に伸ばし愛子と秀子の手をしっかり握りしめながら、

「愛子、いろいろありがとうね、お前は優しくってしっかりもんだで、ばあちゃんがいなくてもこれからも大丈夫だ、きっと幸せになるよ！　ばあちゃんはいつでもお前を見守っているからね。秀子や、お前は姉ちゃんを助けてやっておくれね……」

つぶやくような声で言って、目をしば立たせた。それがみつの最後の命の灯のゆらめきであ

った。愛子は手をしっかり握り返した。

「やだよーっ！　死んじゃやだよーっ！」

秀子とともに泣きながらみつの胸にうつぶせた。もっとも信頼し、慕《した》っていたかけがえのない人は愛子の哀願《あいがん》もむなしく逝《い》ってしまった。愛子と秀子の慟哭《どうこく》に送られてみつはあの世へ旅立っていった。わずかな人数の寂しい葬列が春まだ浅い野良道を通って行った。

こうして、短い間に愛子の家族はつぎつぎにいなくなり、いまや秀子と二人だけが取り残された。

愛子は、祝ってくれる家族がいないまま、独りぼっちで小学校を卒業した。秀子は近隣のみつの実家、上條家の新宅、みつの弟である上條和重にひきとられることになった。

第五章　看護婦となり　ハルピン陸軍病院勤務

　小学校を卒業した愛子は、母親の実家である丸山商会の斡旋《あっせん》で、越中屋宗佑《えっちゅうやそうすけ》が手広く商いを営む松本の薬品問屋越中屋に住み込みで働くことになった。

　まったく新しい奉公先の勝手場で、長年働いているベテランの奉公人のような仕事ぶりを見せたのは、祖母みつが辛抱強く手ほどきしてくれたことが役に立ったからである。米を研いで大きな釜で飯を炊き、大きな鍋で味噌汁をつくることなど手慣れたもので、鰯《いわし》や秋刀魚《さんま》の焼き具合も堂に入っていた。女将《おかみ》さんが手塩にかけていたぬか漬けを扱うのも非の打ち所がなかった。包丁の扱い、食器の洗い方、床の雑巾がけにいたるまで手際がよかった。掃除、洗濯、炊事どれもそつなくてきぱきとこなす愛子の仕事ぶりに女将さんは目を細め、賛嘆を惜しまなかった。たちまち店の誰からも一目置かれる奉公人になった。西洋の薬学を学んでいた越中屋の主人は進取の気概に富み、古い体制からの解放を望ましいことと考える人物であった。

　女性が男子に隷属することに反撥《はんぱつ》を感じていた愛子は、女性も自立すべきであり、そのためには手に職を付けなければならないと考えるようになっていた。住み込み奉公の生活がはじまって三年が過ぎようとしていたある日、愛子は思い切って越中屋の主人に心に秘かに懐いていた願いを切り出した。

「旦那様、お願いがございます」

「ほう、改まってなんじゃやな？」越中屋は機嫌よく応じた。それを見て愛子は肩の力が抜けるのを感じた。

「お世話になっておりながらこんなお願いをするのはまことに申し訳ないことだと思っています」

「そんな遠慮はいりませんよ。お前さんは本当にまめに働いてくれて、その働きぶりに感心しているのですよ。わたしはねえ、もう家族同然と思っていますから、なんでも言うがいいよ。何でも聞きますよ」

「有難うございます。実は、これからの女性は何か職を身に着けなくてはと思っています。私は看護婦になりたいと思っています」

「ほう、ほう、なるほど、なるほど。もっともじゃなあ。新時代には女子衆もこれまでのようじゃいけません。看護婦ねえ、うん、いいじゃないか。長野では看護婦が足りなくて困って新聞に募集広告を出しているくらいです。でも、どうして看護婦なのかな？」

「じつはお婆っさまの看病をしていてつくづく思いました。病気で苦しんでいる人を助ける医療の道は生涯をかけるに値する仕事だと思いました」

「なるほど、なるほど……もっともです。よく分かります」

「調べましたら松本の医師会が看護婦養成所をつくったと聞いています。……養成所は西堀にあるそうですから、ここからは目と鼻の先です。歩いて十分ほどです。授業は午後に二時間だそうですから、その時間だけお暇をいただけませんでしょうか」

「ほー、そんなことまで調べているとは、本気なんだねえ。どうやら断ると、嫌われそうだねえ」

「はい、いまは看護婦の資格を取りたいと決心しています。どうかお許しください。できる限りのことはして、ご迷惑が少なくて済むように努力します。お願いします」

「そうですか……。分かりました。それだけ腹が決まっているんなら、いいでしょう。やってごらん。私も懇意にしているお医者に相談してみますよ」

日頃から、愛子の人並外れた仕事ぶりにこのままいつまでも住み込み奉公をさせておくのは可哀そうだ、なんとかしてやろうと思ってもいた越中屋は、快く申し出を認めた。

「有難うございます！　お願いいたします」

愛子は明るく輝く未来への道が開かれるのを感じた。

越中屋宗佑は、早速商《あきな》いの古くからのお得意先で、新の郷に隣接する島立の野麦街道沿いで開業している医者藤井寛斎《かんさい》を訪ねた。藤井医院は秦越家代々の御用医も務めていた。したがって源蔵やみつの臨終にも立ち会っていた。

「直々《じきじき》のお出ましとはお珍しいな。薬の方はまだ間に合っておりますが、今日の御用はそれとは別のことのようですな。どうされました」

越中屋はこれまでのいきさつをあらまし話し、愛子の看護婦になりたいという希望を叶えさせてやりたいがどうするのが良いのか、その方策についてお教えいただきたいと相談を持ち掛けた。寛斎は、

「ほほう、そうですか。私も気になっていたのですが、秦越愛子はお宅でお世話されておられるんですか。秦越の一家のことは誠に気の毒だった。彼女はしっかり者です。いい娘《こ》だ。爺さまや婆さまの看病を実に健気にやっていた。子供とは思えない気配りのきいた身のこなしにわしは目を見張ったものだ」

「ほんとうに、あの娘は私んとこでもよく働いてくれています。うちのかみさんも大変重宝《ちょうほう》がって使っていますが、このまま女中働きで終わらせるのは勿体ないと思っていました。そこへこの相談です。なんとかしてやりたいと思いましてまかり越した次第です」

「なるほど、そういうことですか。よろしい。わしも秦越家には大変ご恩にもなっておりました。喜んで一肌脱ぎましょう」

「ありがとうございます。よろしくお願いいたします」

「医師会の看護婦講習所に入学するには入学資格を取得する必要がある。そのうえで入学試験を受けて合格しなければ講習所に入ることはできません。まず、資格取得から面倒見ましょう」

「いやあ。ありがとうございます。愛子もどんなに喜ぶことか。どうぞよろしくお願いいたし

ます」

それから間もなく愛子は越中屋主人の好意に援けられて藤井医院へ引っ越した。住み込みなので愛子は家事の手伝いは当然と考えていた。だから、藤井医院の奥方に、

「なんでも致しますのでどうぞお申し付けください」と申し出た。

住み込みの家事奉公はすでに越中屋で経験済みであった。その経験を踏まえて、家事と看護婦見習いを両立させる覚悟ができていた。その働きぶりは奥方を驚かせた。しばらくすると余りにも気の利く働きぶりに常に自分の傍に置いておきたくなった。

しかし、愛子の看護婦としての能力をすぐに見抜いていた寛斎は、それを許さなかった。藤井医院にはベテランの看護婦岡本聡子が勤務していた。寛斎は岡本聡子に愛子を診察室の初歩的雑事からはじめ、看護婦の基本的な医療行為を手ほどきするように指示した。

愛子は嬉しかった。自分の生きる道筋が開けてきたように思った。その気持ちが家事と診察室の仕事を両立させようという努力として現れた。院長もその働きぶりに感嘆し、同時に愛子が医療に適した素質を持っていることを確認し、愛子の才能を十分開花させるようにと奥方を説得して家事労働を免除し、診療行為に集中させた。

愛子は、藤井医院で働くうちに看護婦となることが自分の宿命的な天職であることを再認識するようになった。院長は看護婦講習所の入学資格を満たすことを考慮して愛子に診察室での仕事に専念させ、看護婦見習いとして技能の修得に協力することを惜しまなかった。愛子はそ

の処遇に感謝するとともに有能な看護婦にならなくてはと決意を新たにせずにはいられなかった。

松本市医師会が明治四十三年に開いた看護婦講習所は、一九一六（大正五）年四月から一年制の常設校となった。十八歳以上で地方長官の指定する学校または講習所を卒業していることが入学資格であった。大正六年十二名の第一回生が卒業した。講習所の生徒は揃って地味な縞の袂《たもと》の着物、裾《すそ》を引きずるような長い袴《はかま》、白足袋《しろたび》、駒下駄《こまげた》という出で立ちで通った。鞄はなく、一様に木綿の風呂敷に看護学校教科書一冊、筆記帳を一冊、鉛筆入れを包んで抱えるのが看護婦講習所生徒たちのトレードマークであった。藤井寛斎の下で看護婦見習いとしてしっかり手ほどきを受けた愛子は、寛斎の口利きもあって、看護婦講習所の受験資格を認められ、入学試験を受けることができた。試験も上々の成績でパスし、無事入学が許可された。愛子は、心を躍らせて看護婦講習所へ行き、入学手続きを済ませた。こうして、看護婦講習所の生徒となり看護婦への人生がスタートしたのである。藤井医院の奥方が調《ととの》えてくれた他の講習所生と同じような身支度をして、愛子は熱心にそこで学んだ。そして、一九三八（昭和十三）年ついに看護婦の資格を取得した。愛子は二十歳になっていた。

愛子から連絡を受けた秀子はその夜、休暇を貰った愛子と市内の茶房で会った。

「姉ちゃん、おめでとう！　がんばったね！」

「ありがとう！　婆ちゃんや母さんがいれば喜んでもらえたのにね」

「決まってるじゃん。おじっさまだって生きてりゃあどんなにか嬉しがってくれただか。これからは男女平等でやっていかなきゃ駄目だって口癖のように云ってたでね。そりゃ喜んでくれたさやあ」

「それで秀子はこれからどうする？」

「うん、実はね、お婆っさまの実家の新宅でね、子供がいないから私を養子にしたいって話があるんだけど、それもいいかなって思ってるんだけど姉ちゃんはどう思う」

「ああ、いいじゃん。姉ちゃんは賛成だよ。上條の系統はみんな優しいからきっと上手くいくと思うよ。そうなれば姉ちゃんも安心だわ」

「うん、じゃあ、そうするね」

　看護婦の資格を取得した愛子は看護婦講習所の推薦により、寛斎の了解も得て、市内の深志病院に勤めることになった。さまざまな苦労が絶えなかったが、そんな苦労以上に愛子は日々の看護婦としての専門職の仕事ができることに充実感を感じていた。

　盧溝橋《ろこうきょう》事件（一九三七年）をきっかけに大日本帝国は、瞬く間に日中全面戦争へと突入していった。傷病兵が激増し、戦場での医療体制増強が必要になった。満州各地に日本赤十字社や関東軍の陸軍病院が次々に作られ、医療従事者が大勢必要になっていた。お国のために看護婦も戦場に赴き〝滅私奉公《めっしほうこう》〟することが奨励《しょうれい》され、従軍看護婦が募られた。

「忠君愛国」、「滅私奉公」の思想を徹底的に刷り込むことを目指した「教育勅語」と「修身」を金科玉条とする教育によって、いつの間にか人並みの愛国婦人に育てられていた愛子は、海外の未知の世界へ行く好奇心に駆《か》られて、自ら募集に応じた。満州には続々と陸軍病院が作られ、中でもハルピンの陸軍病院は六千床を持つ満州の中心的な病院であった。

一九四〇（昭和十五）年、二十二歳になった愛子は、寛斎に相談し、深志病院の了解も得たうえで、ハルピン陸軍病院に勤務することにした。

満州行きが決まると秀子が愛子に会いに来た。

「姉ちゃん満州の病院へお勤めするんだって。思い切ったね」

「うん、ハルピンの陸軍病院なんだわ」

「ふーん。すごいね。だけんど支那とは戦争してるんだで、危なくないかねえ。心配だよ。気いつけてやね」

「うん、ハルピンはアジアのパリって言われてるんだってよ。そりゃあ大きい美しいところだそうだよ。その街の中の病院だから戦場じゃあないから、それほど危ないことはないっていうんだがね。おっかないことはおっかないね。秀子のためにもうんと気いつけるでね。心配しないでいいよ」

「兵隊さんといっしょになって勇ましいことなんかしなくていいでね」

「うん、分かってるよ。向こうへ着いたらすぐ手紙書くからね。秀子も精を出しすぎて体を壊さないようにするんだよ」

身近な親戚や病院の同僚が集まって「柳家」で壮行会を開いてくれた。

出発の日、新村駅に秀子を始め親戚、村の衆、病院のスタッフ、看護婦の仲間などが手に手に日の丸の小旗を持って、愛子を見送りに集まった。鎮守の森のお祭りのときに飾るような白地に「祝　秦越愛子君　出征」と墨痕《ぼっこん》鮮やかに大書された大きな幟旗《のぼり》が二本も立っていた。まるで出征兵士でも送るようであった。ホームには溢れそうなほど大勢の人が並んでいた。

電車が動き出したとき誰かが大声で「秦越愛子君、ばんざーい！」と発声した。すると皆が和して日の丸の旗をちぎれんばかりに振った。

筑摩鉄道が島々まで路線を延ばしていたので乗客も多くなってきていた。電車はくっきりと稜線をみせた北アルプスの山並みに見守られて松本駅へとスピードを上げていった。愛子は電車の窓越しに山肌が銀色に輝く西山の姿を身動《みじろ》ぎもせず眺め続けた。

松本から国鉄に乗り、ほぼ一日がかりで下関へ着いた。そこには一緒に満州へ行く陸軍病院と日赤病院へ赴任する従軍看護婦たちが大勢集まっていた。連絡船で釜山へ渡り、昼過ぎに釜山駅を出た汽車は、翌日の夕方真っ赤な夕焼け空のハルピン駅へ着いた。

ハルピンの街は愛子にはまったく別世界であった。これまで見た日本のどんな町にも見られない桁外れの広大さに圧倒されながら「いよいよ来たんだ！　覚悟はできてるね！」と自分を鼓舞し、覚悟を新たにした。

駅の建物そのものがこれまで見たこともない大きなレンガ造りのビルディングであった。多様な衣装を纏ったさまざまな容貌の人々がひしめき合って行き来していた。軍服に身を固め、腰に日本刀を下げ、銃を手にした関東軍の将兵の姿もあった。明らかに違いがわかるさまざまな言葉が飛び交《か》い、強いタバコのにおいが鼻を突いた。続いてさまざまな食べ物や飲み物から発散される複雑な匂いが押し寄せてきた。

広大な駅前には路面電車、バス、タクシー、人力車、馬車、自転車とあらゆる乗り物が行き交っていた。大勢の人々が雑踏している広場の一遇に、人員輸送用の幌かけトラックが二台止まっていた。陸軍病院系と日赤系の看護婦に分かれそれぞれ指定された車両に乗り込んだ。

夕闇がせまる街中に電灯がともり始めていた。トラックは石畳の大通りを通り、美しい楡《にれ》の並木を通り抜けた。途中の十字路で二台のトラックは分かれた。愛子の乗ったトラックは路面電車の走る大通りを進み、やがて並んで建っているレンガ造りのビルディングの頑丈な鉄格子の門構えの一つに入っていった。門の両側には武装した衛兵が立っている。そこがハルピン陸軍病院であった。

こうして満州という異郷の病院での愛子の生活が始まった。戦火が激しくなるにつれて連日新しい傷病兵が途切れることなく各地から搬送されてきた。前線の野戦病院からは目を覆いたくなるような重傷者が多かった。

両足をもぎ取られた者、目玉がえぐりとられ大きな穴の開いたままの者、腹を銃で貫通された者、衰弱して骨と皮ばかりになった者、ベッドはこのような救急患者で常にいっぱいであった。開いている空間に補助のベッドが並べられ臨時の病室にされていた。

医師も看護婦も休む間もなかった。病院が戦場の様相を呈していた。あっちでもこっちでも呻き声、叫び声、泣き叫ぶ声、そして断末魔の声が交錯し響きあい、病室全体が修羅場《しゅらば》になっていた。必死の治療や看護もむなしく息を引き取る者も多かった。かれらはひとりとして「天皇陛下万歳！」と言って死ぬ者はいなかった。

ほとんどが「かあさーん！」「かあちゃん！」と母親や妻を呼んだ。そして「みっちゃーん！」とか「よしこー！」とか愛する女《ひと》の名を呼ぶ者、「じろー！」とか「みっちゃーん！」とか子供や家族の名を呼んだ。

傍で介護する看護婦に手を差し伸べる者、しがみつく者、必死に言葉を絞って訴える者などみな看護婦に最後の頼みをかけていた。愛子は、そのような一人一人に優しく丁寧に対応したが、みな中途半端で中断せざるを得なかった。それは愛子にとって切なく、悔しかった。治療体制がいかにも貧弱であった。これでは思ったような治療は無理だった。治療が追いつかないほど後からあとから搬送されてくる。

「どうしてなのだろう？」と疑問の念が湧いた。

「そうだ！　戦争だ！……戦争の所為《せい》だ！　戦争さえなければこんな途方に暮れるような事態

は起きないのだ」そう思うと同時に戦争がこれまでとは全くちがったものに見えた。

冬になると凍傷患者が激増した。ほとんどが足、特に指を遣《や》られていた。保温のために履いた厚手の軍足が災いしたのである。行軍すれば足に汗をかき、それが冷やされるとたちまち凍りつき凍傷を惹き起こす。ハルピン郊外に関東防疫給水部本部（満州第七三一部隊）の施設があり、そこでは凍傷の病理研究と治療方法の研究が行われていると噂されていた。

ハルピン陸軍病院にはチフス、赤痢、ペスト、コレラなどの伝染病のための別棟の伝染病病棟があった。陸軍病院は、朝鮮人や中国人をはじめ外国人は勿論のこと民間の日本人も原則として受け入れ禁止となっていた。伝染病病棟には中国各地からの伝染病の罹病兵が収容され常時満杯状態であった。そのような伝染病の究明と治療方法についての研究も「防疫給水部」でなされているということだった。

大日本帝国の中国大陸への侵攻が中国から東南アジア全域に拡大し、次第に泥沼状態になった。内地では勇猛果敢な関東軍の華々しい大戦果が連日連夜大本営から報道されていたので、戦場の深刻な事態の真実はまだ国民には実感されなかった。しかし、一九三九（昭和十四）年「国家総動員法」が発令され、翌一九四〇年には大政翼賛会《たいせいよくさんかい》が結成され、いよいよ挙国一致の非常時体制へ移行していった。

この年には国民の不安を払しょくし、戦意高揚のため紀元（皇紀）二六〇〇年の国家をあげての祝賀行事が華麗《かれい》な演出で挙行された。

筑摩野は秋の収穫の最盛期であった。農家はどこも猫の手も借りたいほど忙しいそんなある日、秦越家没落の後、源蔵の口利きで近隣の旧家の作男となって働いていた金山善助にも召集令状が来た。善助は生まれつき背が低く徴兵検査では第二乙種であったのでそれまで召集が猶予《ゆうよ》されていたのだが、そんな善助にもついに「アカガミ」が来たのである。一九四〇年十月のことであった。

白地に黒々と「祝　出征　金山善助君　万歳」「武運長久」などと大書された風になびく幟旗や勇ましく響く「出征兵士を送る歌」、「万歳！　万歳！」の歓呼の声、ちぎれるほどに振られる日の丸の小旗に送られて、善助は大日本帝国陸軍の一兵卒として、新村駅頭から中国大陸へ華々しく出征していった。

秀子からもこのことはすぐ愛子に手紙で知らされた。それによると善助は関東軍の中国南部に展開する連隊の歩兵大隊に入隊したらしいとあった。

想像を絶する過酷な訓練によって、素朴で心優しい百姓たちは短期間で殺人のプロへと鍛えられていった。殺すことを原体験させるために刺突訓練《しとつくんれん》があった。〝丸太〟とよばれた中国人捕虜《ほりょ》を柱に縛りつけ、新兵たちに銃剣で突かせる訓練である。生身の人間を刺し殺す実体験をさせることで普通の人間を人殺しのプロに造り変えたのである。

善助の配属された部隊には初年兵が十五人いた。入隊して一ヶ月ほどが過ぎたある日、十五名の初年兵は、三八式歩兵銃を所持して集合させられた。そしてそれを担いで練兵場を出て数キロ先の原野へ連れ出された。

そこには三本の柱が建てられ、汚れた衣服を着けた中国人が後ろ手に縛られて括《くく》り付けられていた。十五メートルほど離れたところに初年兵たちは整列させられた。大尉の襟章《えりしょう》を付けた教官が一同をにらみつけるようにしながら大きな声を放った。

「これからお前たちが日ごろ鍛えている大和魂を本物にするための訓練を行う。お前たちの持っておる銃には菊の御紋章が入っている。つまりそれは、畏《かしこ》くも（直立不動の姿勢をとった）天皇陛下がご下賜《かし》くださったものだ。銃とともに天皇陛下はつねにおまえ達を励ましてくださっておるのだ。その銃によってお前たちは本物の大和魂をいただくことになるのだ」大尉はそう言ってから、「あそこの柱に括り付けられているのは人間ではない。〝丸太〟だ。日ごろ鍛えた銃剣術の腕を十二分に見せてもらう。よいか！　銃剣であの〝丸太〟の心臓をしっかりと突き刺すんだ。よく聞け！　刺したらすぐ引くんだ。すぐにだ！　さもないと銃剣が抜けなくなる。忘れるな！」と念をおした。

初年兵たちの顔色が変わった。緊張で体が硬直し、直立不動で凍りついたようであった。

「よし！　呼ばれたら、始めろ。銃剣術の基本を忘れると突きそこなう。銃をしっかり腰に構えて、気合を込めて突け！　よいな！」

こうして生きた人間を使っての殺人訓練が始まった。初年兵たちにとってそれは生まれて初めて味わう地獄の責め苦であった。名前を呼ばれた者は大声をあげ、銃剣を構えて〝丸太〟に

遮二無二《しゃにむに》突進し、絶叫とともに銃剣を突き立てた。あるものは足が縺《もつ》れ、走る方向も定まらなかった。付き添ってきた古参兵が、

「なんだ！　そのざまは！　腰抜け奴！」

というが早いかその兵を殴り倒した。よろよろと立ち上がった兵に、

「よし！　行けーっ！」

兵は声を限りに張り上げて突進し、〝丸太〟を突き刺した。兵は反動で跳ね返され、あおむけに倒れた。次からは見ている兵たちが一斉に叫び声を挙げた。

「ツケー！　ヒケー！」「ツケー！　ヒケー！」

それは臆病な仲間を励ますためではなく自分たちの恐怖をそれで打ち消そうとする叫び声であった。

いよいよ善助の名が呼ばれた。善助は体の震えが止まらなかった。足が動かなかった。古参兵が善助の尻を蹴上げた。

「そんなへっぴり腰でどうするんだ！　大和魂があるのか！　あるなら見せてみろ！」

鉄拳を見舞ってから力を入れて、

「よし！　いけー！」といって善助の体を押し出した。

「ツケー、ヒケー！　ツケー、ヒケー！」の叫び声に追い立てられるように善助は〝丸太〟めがけて突進した。目をつぶりおおよその見当をつけて銃剣を突き出した。しかし、銃剣は空し

く空を切った。古参兵から叱咤《しった》、殴打、足蹴《あしげり》を受けながら善助は銃剣を腰に構え大声を挙げて〝丸太〟に突進を繰り返さねばならなかった。

見かねた教官の大尉が代わって、

「突けえッ！」と号令をかけた。善助は目をしっかりつぶって勇気を掻き立てようと、

「わああ……！」

と全身から声を振り絞るように絶叫しながら銃剣を突き出した。銃剣は捕虜のわき腹を掠《かす》めて今度も空におどった。

「なんだ！　そのざまは！　やりなおし！」

その気合に押されてやり直したが、何回やっても同じであった。善助には生きた人間を突き殺すことはできなかった。それは教官の大尉には反抗としか受け止められなかった。頭に血がのぼった大尉は、どん百姓あがりの腰抜けの一兵卒をこれでもかとばかりに叩きのめした。どんな仕打ちを受けようと善助には、できないことはできなかった。

特別な信念や理念があったわけではない。ただ、生きている人間を突き殺すことができなかっただけのことだ。善助はこうして刺突を無意識に拒否し続けることで、人間であることを守り通したのだ。怒りを抑えきれなくなった上官の暴行を誰も止めることはできなかった。

なんの抵抗もせず、なされるがままになっていた善助は、やがて何も聞こえず、何も感じなくなって気を失った。こうして善助は、〝重営倉〟（軍隊の監獄、重罪人用の独房）に放り込まれた。

〝非国民〟として大和魂を念入りに鍛えなおされ、数日後、誰に看取られることも無く獄中で冷たい屍《しかばね》となって横たわっていた。一人前の忠君愛国者に仕上げるために善助を〝鍛え上げた〟教官の大尉は、翌日も何事もなかったかのように細君に見送られて連隊兵舎へ出勤した。大尉は、軍隊という巨大な国家的殺人装置の一歯車としての任務を忠実に果たしただけのことであった。

まもなく、善助の留守宅には「戦病死」の一枚の公報が届いた。

何の手柄《てがら》も上げることなく戦わずして死んだ「戦病死」は、名誉の「戦死」ではない。帰還した善助の遺骨だという白木の箱にたいして世間の目は冷ややかであった。新の郷の一隅で密やかに寂しい弔いが執り行われた。

戦況が厳しくなるとともに各地の前線から夥《おびただ》しい数の重傷の傷病兵がハルピン陸軍病院へ搬送されてきた。障害の症状はさまざまであった。そのなかに、目立った外傷はないのに体の震えが止まらぬ兵隊がいた。頬はげっそりとやせ細り、眼は虚ろで焦点の定まらぬ視線でどこか遠くを見つめている風であった。

震えながらときどき発作的に「ああ!……ああ!　うっ……」と腸から搾り出すような呻き声を上げた。悲しみに打ち砕かれたように顔を歪ませて虚ろな眼からは涙がこぼれていた。

愛子は可愛そうになり、何と声をかけたらよいのか分からぬままに思わず震える身体をしっかり抱いてやった。しかし、どんなに力を込めても震えは止まらなかった。戦場で心をずたずたにされるような衝撃的な出来事に遭遇して、人間であろうとする心がそれに耐えられなかったのに違いない。

ある日、思いがけず傷病兵を見舞いにハルピン駐在の独立歩兵大隊の隊長がやってきた。権田大尉は、従卒《じゅうそつ》をともなって、軍刀を握り、靴音も高く病室にずかずかと入ってきた。

「本日は、部隊長権田大尉殿の、激励のお見舞いである。謹んで承るように」

従卒が前口上を述べると、部隊長は部屋全体の全員に良く聞き取れるように声を張り上げて言った。

「そのままでよいからよく聞け。お前たちも承知の通り、戦況はどの戦場においても決戦の時を迎えておる。戦争は勝つか負けるかだ。わが軍は勝たねばならん。戦争は殺し合いだ。殺し合いに勝った者だけが勝利者になれるのだ！　いいか！　お前たち！　よく頭の中に叩き込んでおけ！　畏多《おそれおお》くも（直立不動の姿勢になり）天皇陛下のために敵を殺し、わが命を捧げることはお前たちにとってこれに勝る名誉はないのだ。敵を殺し尽くすためにお前たちの命は天皇陛下に捧げられているのだ。よいか！」

病床の兵たちは痛みをこらえ、目を閉じて身じろぎもせずに黙って聞いていた。大尉は続けた。

「大和魂があればいくらでも敵を殺すことが出来る。それが出来ぬ者は皇国の愛国者ではない。

売国奴だ！　大和魂を奮い起こし皇軍の強さを発揮するのだ！　前線では戦友たちがお前たちの一日も早い帰りを待っておる。ここでのんべんだらりといつまでも気楽にしておっては戦友に申し訳なかろう。一日も早く戦線復帰するのがここでのお前たちの任務である。よいか！」

部隊長は自分の言葉に酔い自分を制御できなくなっていた。愛子は苦痛を耐えて生きようと懸命な重傷の兵たちがどんな気持ちでこれを聞いているのか気が気でなかった。これは激励の見舞いなどではない。前線を離脱していることへの叱責《しっせき》ではないか。愛子は、自分まで叱責されているように感じ耐えられなかった。

「これはもうやめさせなければ患者に差し障りがでる」

愛子は話しを続ける部隊長の前に無我夢中で進み出ていた。なぜか餓鬼大将のさぶちゃんの顔が、わめき叫んでいる男の顔に重なった。

「わたくしは、外科病棟担当看護婦秦越愛子です。ここは病室です。お静かにお願いします。治療に差し障ります。みなさん回復するために一生懸命です。のんべんだらりなどしておられません。みなさんここで必死で戦っています。お願いします」

体を固くして一気にしゃべった。権田大尉は思いがけない突発事態に一瞬驚きの表情になった。一介の看護婦風情《ふぜい》が関東軍の勇猛なる部隊長に向かって説教をしている。

「なんたることだ！　許せん！」

たちまち獲物を狙う野獣の獰猛《どうもう》な目つきになって目の前に立っている看護婦を見据えた。

「なにい!? 何だ貴様！ うん？ 名を名乗れ！」

「はい！ 最初に申し上げましたが、復唱いたします！ 外科病棟担当看護婦秦越愛子です」

それを聞いて、逆上した権田大尉の口をついて出てきたのは、

「なにい！ この売女奴《ばいため》！ 看護婦ごときが関東軍将校に向かって何を抜かす！ 上官侮辱《じょうかんぶじょく》の軍律違反だ！」という言葉だった。

それを聞いた愛子は黙って聞き逃すことができなかった。

「失礼ですが、私はハルピン陸軍病院長影山少将配下の看護婦です。〝バイタ〟ではありません。その言葉は取り消していただきます！」

その声には断固たる響きがあった。それを聞いた権田大尉は、許しがたい上官への反抗と受け取った。血気盛んな将校の怒りが極限に達した。

「この野郎！ でかい口をきくんじゃねえ！」

拳を固めて腕を振り上げた手が愛子の顔面に振り下ろされようとした時、従卒が慌てて二人の間に割り込んで大尉を必死に留めた。

「お待ちください。しばらく！ しばらく！ 大尉殿！ ここは場所がよくありません。他で言い聞かせましょう」

従卒は若い隊長を懸命になだめた。大尉は憤懣《ふんまん》やるかたない風情で手を下ろし、愛子を睨《にら》みつけ、怒鳴りつけるように言った。

「貴様、このままで済むと思うなよ！　よし！　軍律がいかなるものか思い知らせてやろう。俺をだれだと思っているのだ！　うん？　院長の教育が悪い。もう少し真面目に躾けをするように言わねばならん。覚悟しておけ！　よし、行くぞ！」

捨て台詞を残し、従卒を促して靴音も荒々しく出ていった。部隊長の面目を丸つぶれにされたと思った権田大尉はその足で鼻息も荒く院長室へ現れた。院長は権田を認めると、

「やあ、部隊長殿、お役目ご苦労さん。いつもながら意気軒昂《いきけんこう》で何より」と声をかけた。

そんな挨拶など耳に入らぬ風情で権田はまくしたてた。

「院長殿！　ここの看護婦の躾けはなっとらんですぞ！。外科病棟の秦越愛子、ありゃいったい何なんだ。本官に説教をしやがった。開いた口がふさがらん。教育がまるでなっておらん！しっかり躾けていただきたい」

息まく大尉に院長の影山少将は、

「ほおー、秦越はなかなか有能なよく働く看護婦だが、何か失礼をしでかしましたかな」

「失礼もいいとこだ。こんなところでぬくぬくしておるから大和魂を忘れるのだ。腑抜《ふぬ》けになった軟弱な兵たちに大和魂を思い出させるために活を入れたのだ。するとあの看護婦は『ここは病室です。お静かに』と部隊長である本官にほざきやがった。兵の扱いに看護婦ごときに口出しされてたまるか！　これでは軍規が保てん」

「ほー、なるほど。私の部下である看護婦の不始末は院長である私の不始末になる。だが、権

田さん、私には秦越の言っていることは上司として道理に思える。病院には病院の規律というものがありましてな。治療上、病室は静粛第一になっている。お言葉だが、秦越は職業意識から当然のお願いをしたまでです。上司としては十分な躾をしているつもりだ。本官の教育を非難されるからにはお覚悟はおありなのでしょうな。私の方からことを荒立てるつもりはない。お分かりですな。これ以上何も言わず、お引き取り願おう」

「躾が悪い」と詰《なじ》られて少将は明らかに臍《へそ》を曲げていた。反論は受け付けぬという威厳のこもった少将の言葉に大尉は仏頂面で引き下がるほかなかった。

この出来事はたちまち病院全体に広まった。病室の兵たちはその顛末《てんまつ》を聞いて誰もが留飲《りゅういん》を下げた。

あちらでもこちらでも行く先々で兵たちがひそひそ声で、

「看護婦さん、よく言ってくれました。胸がすーっとしました」

「僕らには死を覚悟しなければあのようなことはできません。あなたの勇気に喝采です。ありがとう」と感謝した。

愛子自身もどんな成り行きになるのか気がかりであったが、その後、影山院長からは特になんの沙汰もないまま一件落着となった。しかし、愛子にとっては「殺し合いに勝った者だけが戦争の勝利者になるのだ」という大尉のことばが胸に突き刺さった。

「そうだ！　戦争は殺し合いである」

この当たり前のことがどうしていままで意識できなかったのだろう。敵を殺すという兵隊の本分をやり遂げたために体の震えが止まらぬほど心が傷ついてしまったあの兵隊は、名誉ある大和魂を忘れてしまったのであろうか。いや違う。人間であることを忘れることが出来なかっただけだ。

「いったい人間はこんな殺し合いをするために生きているのだろうか？」

思ってもみなかった疑問が愛子の心の中に渦を巻いて広がった。

「一体誰が、何のためにこのような戦争を始めたのか？」

こんな戦争に国民を引きずり込み遮二無二《しゃにむに》推進する〝皇国〟とはいったい何なのだ？　国を愛するために「死ね！」と命令する国とは？　命を捧げることが名誉だという天皇とは？　昔から王様は民を愛し民を救う人なのではないのか！　民が王様に命をささげるのではなく民のために命をささげるのが王様なのではないのか？　国民に「死ね！」と命ずる国を愛することができるだろうか？　国民に「生きよ！」と励ますのが国なのではないのか？　愛子の心にこれまで思ってもみなかった疑問が、次々と沸き上がった。

その後、心がずたずたに壊れ震えの止まらなくなった兵隊は、もはや戦闘に復帰できないと判断された他の傷病兵たちと共に内地へ送還されて行った。

第六章　大山修吾と結婚　修一誕生

赤菱興商《あかびしこうしょう》は維新の際、イギリスの支援を受けて造船産業で財を成し、石炭や穀類、繊維製品など主要な産業を幅広く扱う日本有数の大商社になっていた。

大山修吾は、ハルピン本社の総務部幹部社員として勤務していた。主として会社の経営管理とくに労務管理に重用されていた。東京の有名大学の法学部を優秀な成績で卒業し、言葉の端はしには知性が溢れていた。柔道部で鍛えた身体は肉体労働者のようにたくましく頼もしかった。目鼻立ちが整って、目がくりくりして人に親しみを感じさせる。仕事は手際よくこなし、部下の面倒見も良かった。英語の他に中国語も堪能《たんのう》であった。いずれは会社の主要な経営ポストが保障されていた。満州進出に社運を賭けた赤菱興商は、有能な若い人材を必要としていた。

大学の指導教授の推薦により、会社は徴兵免除の保証付きの条件をつけて大山修吾を雇用したのであった。日本の財閥《ざいばつ》にとって世界列強と渡り合い、〝一等国〟としての市民権を得るためには石油・石炭というネルギー資源、鉄鉱石を始め他の地下資源を安定的に確保することが必要不可欠であった。国家間の戦争、〝植民地争奪戦争〟こそ、そのための〝魔法の打ち出の小槌《こづち》〟である。大資本家・財閥は、そのために「富国強兵」の政治体制を作り出した。日清戦争、日露戦争はその導火線であった。戦争は国を疲弊《ひへい》させるといわれるが、疲弊させられるのは国民であり、大資本家・財閥は戦争を繰り返すたびに肥大化していく。戦争という悪魔の錬金術を身に着けた財閥は、もはや戦争を止めることができなくなっていた。錬金術師たちの物質的富への限りない欲望の争いは、国家間の軍事力強化を競わせ、地球上の至る所が戦争の舞台となった。

赤菱興商にとって、「満州進出」というよりも戦争そのものが、〝金の生る木《なるき》〟であった。満州に進出した日本の会社や工場は、現地の大小さまざまな〝匪賊《ひぞく》〟や抗日武装地下組織の神出鬼没の執拗な襲撃に脅かされ、その対策に手を焼いていた。権益を維持し増大させるためには強大な関東軍の武力を頼みにしていたが、企業独自の自衛策も講じていた。赤菱興商もたびたび襲撃を受け、総務部の中に防衛対策課という特化した専門係を作った。そこに選抜された屈強な従業員に小火器を装備した数十名の自己防衛隊を組織するなど、さまざまな防衛策を整えていた。

会社や工場は高い頑丈《がんじょう》な塀《へい》で囲まれ、高圧電流を流した有刺鉄線《ゆうしてっせん》で十重二十重《とえはたえ》に取り巻かれている。親日的な現地の満人を養成し、私的軍事組織も編成されていた。こういう対策はこれまで繰り返される襲撃に一定の効果を発揮し、襲撃をその都度撃退し、損害は軽微にとどめることができていた。

総務部の人事管理部門にいた修吾は「防衛対策課」の責任者を兼務させられた。厳しい冬を迎える直前には〝匪賊〟の襲撃が頻度を増した。厳しい冬を凌《しの》ぐために日本の商社の大量の物資を貯蔵した大きな倉庫が狙われた。

氷のような雪が荒れ狂うある日の夜のことである。この日長春の本社での重要会議へ主要幹部と多数の関係社員が出張し、残ったものは修吾を筆頭にほぼ六割程度であった。守りが手薄になっていた状況をすっかり把握した上のこととしか思えなかったが、事前の情報がまったくないままに大規模な〝匪賊〟の急襲を受けた。

相手は赤菱興商の構内の状況をかなり詳細に把握しているようであった。先ず、倉庫に近い裏門が大きく爆破され、そこからなだれを打ったように騎乗の武装集団が突入した。小銃を連射しながら倉庫に猛烈な勢いで直進した。咄嗟《とっさ》のことであったが、修吾は慌てふためくことなく日ごろの訓練どおり防衛隊を指揮して守備態勢を整え、襲撃に対応した。

「サーチライトを現場に集中しろ！」

大声で指示した。構内のあちこちに設置されたサーチライトが一斉に襲撃集団を照らし出した。先頭の騎馬の一隊は倉庫の入り口を破壊しすでに倉庫内に押し入っていた。襲撃隊を援護するため別の一群の軽機関銃が猛烈に火を噴いた。軽機関銃は数方向から発砲されていた。満人の守備隊が相手に対して発砲し出した。

「撃つな！」「伏せるんだ！　土嚢《どのう》から出るな！」

修吾は叫んだ。賊は倉庫の物資の奪取が目的であり、会社を占拠する意思のないことは分かっている。無駄な犠牲者を出さないことを優先したのである。強力な援護射撃に守られていつの間にか二台の大型のトラックが倉庫に横付けされていた。裏には大きな馬車も侵入していた。倉庫から運び出された荷物が次々に積み込まれた。機銃の掃射が一息ついた時、

「よし、目標、トラック、タイヤを狙え！　タイヤだ！　撃て！」

修吾は防衛隊に命令した。態勢を立て直した防衛隊がトラックのタイヤを目標に発砲した。被害を抑えるために物資の搬出を阻止する他に良い手立ては思いつかなかった。修吾は状況を確認しようと土嚢から身を少しもたげた。その瞬間であった。肩に灼熱の衝撃を受けた修吾は思わず肩に手をやって倒れこんだ。近くにいた防衛隊の数人が修吾に近づき社屋に運びこもうと手をだした。居合わす防衛隊の中には修吾に代わって指揮をとる者はいなかった。防衛隊は意気阻喪《そそう》し成す術もなかった。賊は動けなくなったトラックの一台を置き去りにして、もう一台のトラックと大きな数台の馬車に奪った物資を山積みにしてすばやく暗闇の中へ消えていた。

「追うな！　門を守れ！」

肩から噴き出す血に塗《まみ》れながらようやくこれだけの指示を出すと意識を失った。

失神した修吾は直ちに陸軍病院へ搬送された。陸軍病院は通常民間人を受け入れることはなかったが、関東軍に多大な貢献をしている有数の国家的軍需企業である赤菱興商には上層部で

の特別な計らいが取り決められていた。

真夜中であったが、外科の軍医の手で修吾の肩にめり込んだ銃弾を除去する手術が施された。幸いにも弾丸は急所をはずれていた。

辺りが明るくなり始めて修吾が気がついたとき、先ず目に入ったのは病室の白い天井であったが、すぐに修吾を覗き込む優しい笑顔と目が合った。

「ああ、母さん！」修吾の口から思わずその言葉が飛び出した。間違いなくそこに母の優しい笑顔を見たのだ。そして何ともいえない安らぎを感じた。

「ああ！　気がつかれましたね。お加減はどうですか？　傷は痛みませんか？」

優しく問いかけるその声で修吾は我に返った。そこにいるのが母さんではなく白いナースキャップと白衣を着けた看護婦であることに気がついた。

「あっ……」修吾は瞬間気持ちの整理がつかず言葉につまった。そうだ此処は病院なのだ。そして肩の疼《うず》きを感じた。その痛みが昨夜の襲撃事件の状況を思い出させた。

「此処は？」

「はい、陸軍病院です。肩を銃撃され弾丸は鎖骨の付け根に打ち込まれていました。緊急の手術で銃弾は除去されました。幸い急所をはずれていたので傷口が塞がれば退院できるそうです」

「ああ、そうですか、ありがとうございました」

看護婦は母親のような笑みをたたえて患者を見つめている。その看護婦はちょうど夜勤番で、銃撃を受け肩に銃創を負って救急入院した患者を夜通し看護することになった愛子であった。

「喉が渇いたでしょう。気が付かれたらお白湯《さゆ》なら少し口にされてもよいと先生に言われています。お持ちしましょうね」

そういわれて初めて喉がひどく渇いているのを感じた。

「あ、お願いします」

看護婦が湯飲みに半分ほどのぬる目の白湯を持ってきた。

「さあ、どうぞ。あ、ぐっと一息で飲まないでくださいね。最初の一口は少し口に含むようにして、ゆっくり飲み下してください」

と細やかに説明した。修吾は一口、口に含んだ。それだけで命のぬくもりが口いっぱいにひろがって行くようであった。

「ああ！　うまい！　カンロ！　カンロ！」

まさに甘露であった。わずかな水分が五臓六腑に染み渡った。残りの白湯をゆっくり噛みしめながら飲み干した。そしてあらためて看護婦の顔を見た。

「ああ、やはり母さんだ！」

そこには紛れもない母のやさしい笑顔が二重写しになっていた。

「何か御用ですか？」

とたずねる優しい笑顔がこちらを真っ直ぐ見ていた。その笑顔に修吾は身体を硬直させたが、次の瞬間に体がふわふわと浮き上がるようであった。言い知れぬ安堵感に包まれてうわごとのように、「ありがとう」とつぶやいた。

「今日の朝食はありません。我慢してくださいね。私は間もなく交代ですが、明日はまた参ります。ゆっくりと養生してください」

そういうと愛子は肩の辺の毛布を軽く調えて病室から出て行った。

修吾の脳裏にあの慈愛そのものの笑顔がくっきりと焼きついた。一日置いて朝の検温、血圧測定に愛子が現れた。溢れ出そうな笑顔で、

「おはようございます。ご気分はいかがですか」と声をかけた。修吾の胸の鼓動は高鳴り、雲間から太陽があらわれたような感動に打たれた。

「お腹は空きましたか?」

「はい、ぺこぺこです」

「ほほほ……それは良い兆候です。安心しました。明日から重湯《おもゆ》がでますからもう少し辛抱してくださいね」

修吾の手術をした軍医の回診があった。

「急所を外れていたので傷口が塞がれば退院です。そうだなあ。あと五、六日かな。頼もしい守備隊長がいないと赤菱さんもお困りだろう。早くお返ししないとな。ははは……」

修吾の快復は目覚しかった。一週間後には退院となって、会社は修吾の回復を祝う会を開い

てくれた。担当軍医をはじめ病院関係者も招かれた。そのなかに愛子もいた。それを喜んだのは誰よりも修吾であった。

その後、修吾は時間が融通できる限り愛子へ連絡を取って逢った。松花江の張りつめた氷が解け、川岸の柳の芽がふくらみ始めると、人々は戸外へ出て春の温かい日差しを浴びた。そんな日曜日には修吾は愛子を誘ってハルピンの街を歩いた。松花江に沿ってレンガ造りの建物が並ぶキタイスカヤ通りを肩寄せ合ってゆっくり歩き、河畔の広々とした公園を巡った。

修吾は静岡県の浜松で生まれて育った。浜名湖近郷の豊かな自然の田園地帯で過ごした幼年時代の話をするのが好きだった。それを聞いてお返しに愛子は祖父の源蔵と一緒だった野良仕事のこと、松茸狩りのこと、奈良井川での魚とりのことなど思い出すままに話した。話題は限りなく広がり会話が途切れることはなかった。

時には百貨店が並ぶモストワヤ街の富士百貨店に入りショッピングを愉しんだ。通称ハルピン銀座と呼ばれる中央大街の賑わいの中を歩くこともあった。通りのはずれに日本人が経営する粋な構えのカフェがあった。洒落《しゃれ》たデザインの看板には「赤い風車」とあった。静かな店内には珍しくレコードのクラシック音楽が流れていた。ブラームスのバイオリンコンチェルト、グリークのピアノコンチェルトなどに耳を傾けながら二人は言いようのない幸せな気分に浸っていた。戦時の外地にいるなどという意識はどこかに消し飛んでいた。

別の日曜日にはバザールを冷やかしにも行った。実に様々な人間がひしめいている。いくつもの違った言葉が大声で客寄せをしていた。そこには日常生活に必要な物は何でもあり、スペースいっぱいに商品が山と並べられていた。和食の食材もなんでも手に入れることができ、その情景を眺めている限りではどこにも戦時中という実感はなかった。

そうしてハルピンの町中に日本の満開の桜を思わせるような楡《にれ》の花が咲き匂い始めた。松花江の船の行き来を眺める小高い丘の公園で修吾は愛子に結婚を申し込んだ。

「こんな時局だからこの先どうなるのか全く分からないのに無責任かもしれないけど、君と一緒に家庭を作りたいと思っているんだ。ふたりの生活は命に代えても守り通すつもりです」

それを聞いて愛子は、優しい微笑みを満面に浮かべ素直にうなずいた。修吾のたくましい腕で厚い胸に抱きしめられると、愛子は夢の中にいるような幸せに包まれていた。

一九四一年六月、愛子と修吾の祝言はハルピン敷島ホテル四階ホールで行われた。赤菱興商と陸軍病院から副社長や副病院長をはじめ双方の同僚が出席し祝った。内地から修吾の両親と五人兄弟の次男夫婦が、満州観光もかねてやってきた。愛子の唯一の家族となった秀子も駆けつけた。

「おねえちゃん、おめでとう。いい人当てたじゃん……。ふふふっ……」

「うん、素敵な人だよ。お前もいい人当てなきゃね。ふ、ふ、ふっ……」

みつおばあちゃんの口癖だった「お前たちもおじいちゃんのようないいお婿さんを当てなき

ゃいけないよ」を思い出した。

久しぶりに会う二人は話が尽きなかった。秀子は新村の最近の様子、親戚の人たちの動向、松本の町の様子などを次々に話す。愛子は修吾の武勇伝をはじめハルピンの町のこと松花江の舟遊びのことなどを話し、時間のたつのを忘れた。

式の翌日から新郎新婦は、二人の結婚を祝うためにはるばる内地からやってきた親族たちと一緒に、新婚旅行を兼ねて観光旅行をした。観光といっても戦時下の外地である。危険の少ない満鉄沿線の大都市に限定された。ハルピンから大連まで満鉄の誇る流線形をしたパシナ形蒸気機関車に牽かれた超特急あじあ号が走っていた。それに乗って新京と奉天をゆっくり見て回ることになった。

あじあ号は話には聞いていたが、上高地線と内地の国鉄普通列車の三等車しか乗ったことのない愛子と秀子にとって驚きであった。その速さに度肝を抜かれた。車内はまるでホテルのロビーのように豪華であった。アルプスの麓の里から出てきた姉妹にとってそれはお伽の国にいるような束の間の幸せな旅行であった。

満州の都市部ではこの頃はまだ表面的には戦時下の地にいることを忘れさせてくれる状況にあった。修吾との夢のような生活が始まると、愛子にとって戦争はどこかはるか遠くの出来事に思われた。結婚を機に陸軍病院を退職することにした愛子は修吾の会社の斡旋《あっせん》で、あるロシア人の広い邸宅の一部を借りて新婚生活を始めた。

ハルピンという都市はロシアの二度にわたる革命によって国を追われた貴族や裕福な階級に属するいわゆる白系ロシア人たちが造った街であった。満蒙の地でひときわ西欧を感じさせる都市で、アジアのパリといわれるほどであった。なんでもこのロシア人も、モスクワ近郷の裕福な貴族だったそうだが、ロシア革命で国を追われ、ほかの多くの貴族や富豪たちと一緒にここに逃げ延びて来たのだという。

愛子には小説の世界のような身分不相応にしか思えない豪勢なインテリアの部屋が修吾とのスイートホームとなった。いまや専業主婦となった愛子は、長い間縁がなくなっていたキッチンに立った。好きだった料理ができると思っただけで体中が奮い立つ。中央大街の日曜バザールではほしい食材はなんでも手に入れることができた。味噌・醤油はもちろんのこと納豆、豆腐、海苔、梅漬け、鰹節、奈良漬け、沢あん等もあった。店頭には豚や鶏肉と一緒に羊や兎、あひるも並べられていた。新鮮な野菜も川魚も豊富であった。みつや千代から手ほどきされ磨きをかけた料理の腕を揮《ふる》えることがうれしかった。毎日目先を変えた献立《こんだて》に修吾も満足であった。

新婚夫婦の毎日は幸せいっぱいであった。愛子はこんな幸せがいつまでも続くことを願ったが、この年（一九四一年）十二月八日、日本軍のハワイ真珠湾奇襲によって太平洋戦争が勃発した。国民にとっては抜き差しならない泥沼のような悪夢の日々が始まったのである。しかし、この無謀な開戦はこのハルピンではまだどこか遠くの出来事のようであった。

新聞やラジオは連日威勢の良い日本軍の連戦連勝を報道していた。そんなムードに捉《とら》われて明日に何の不安もいだくことはなかったから、行動派の愛子は家でじっと夫の帰りを待っているようなことに辛抱できなくなった。愛子が仕事を続けたいと修吾に相談を持ち掛けると修吾は二つ返事でそれを受け入れた。看護婦の資格を活かしたいという要望を受け、陸軍病院に時々顔を見せていた街医者、木村ドクターに掛け合った。ちょうど信頼できる看護婦を探していたドクターは喜んで承諾した。こうして愛子は木村医院に勤めることになった。

聞くところでは、木村医師の祖父は中国から腕の確かな陶工として堺へやってきて定住したということである。その息子も陶芸の技術を磨き、親譲りの優れた陶工として認められ、韓国人女性を母とする日本人女性と結婚した。

ドクターは、その夫婦の子五人兄弟姉妹の次男であった。幼少のころより利発で学校の成績も良かった。大阪の国立大学の医学部へ入学し、非凡な才能を発揮して教授たちから瞠目《どうもく》された。複数の診療科の資格を認定され、医師国家試験にも合格した。複数の診療科の医師免許を取得しただけでなく、多くの外国語、とりわけ英語、中国語、朝鮮語さらにはロシア語などに熟達していた。地元の大病院にしばらく勤めた後、満州に渡り、ここハルピンで開業したのである。

木村ドクターは、ハルピンの〝赤ひげ〟と呼ばれていた。治療費を払えない患者には有る時払いでよいといい、決して支払いを催促《さいそく》することはしなかった。国籍のいかんを問わず、分け隔てなく治療する一方、裕福なロシア人や上流階層の中国人からは過不足なくしっかりと診療代、薬代、往診料を受け取った。腕の良いことが口コミで広がり、裕福な家庭の家庭医も沢山引き受けていたので医院経営は順調であった。

医院は大きなレンガ造りのビルが立ち並ぶ華やかな表通りのビルの一階にあった。入り口に出ている漢字とロシア語の看板には「木村医院・総合医療科」と書かれていた。入ると一室がかなりのスペースの待合室であり、続いて受付の窓口と薬剤室があり、その奥に診察室、検査室、レントゲン室と並んでいた。

木村クリニックには日本人と満人とロシア人など五人の看護婦がいた。医者は木村ドクターの他に元陸軍病院の衛生兵で現地の医師養成所で学び医師の資格を取得した中年の日本人医師と満人の医師資格を持った若者と医師見習いの若い中国人がいた。乗り物は往診用の自家用車とオートバイ、自転車があった。

待合室は朝早くから混雑していた。衣装もさまざまな中国系の人、モンゴル系の人、朝鮮系の人、ロシア人、何人《なにじん》か外見では判断できないアジア系の人、ヨーロッパ系の人、そして日本人等々じつに多様であった。赤ん坊や幼児から腰の曲がった老人まで男女を問わず診察を待っている。この情景からも木村医院がいかに種族や国など差別なく診療を受け入れているかが分かった。

愛子は朝、修吾を送り出すと路面電車で八時前には木村医院へ出勤した。すぐに診療体制に入り途中昼食時間をとるほかはほとんど休みなくドクターの傍らにつききりで診療を助けた。ドクターは患者ごとに通用する言葉を駆使して診療を続けた。親切で丁寧に対応しながら、愛子が目を見張るほど手際よく仕事をこなした。

ドクターは往診にも気軽に出かけた。愛子はドクターの診療用のカバンをもって同行することが多かった。阿片窟《あへんくつ》や売春街に出かけることも珍しくなかった。ドクターはそのような胡散臭《うさんくさ》い場所でも平然と出入りしていた。

ある時、診療用の自動車をドクター自ら運転して医師見習いの中国人と一緒に往診に出かけた。車を駆って一時間ほども走り、高粱《こうりゃん》や玉蜀黍《とうもろこし》などの畑が果てしなく広がる中にある小さな村に着いた。数軒の農家が並んでいたが、そのほかに細長い家畜小屋のような平屋の大きな建物があった。入り口には両脇にこざっぱりした制服のような服を身に着けた若い中国人が衛兵のように立っていた。

ドクターは勝手を知った者のように案内も請《こ》わず、ずかずかとその小屋に入っていった。見習いと愛子が後に続いた。中に入ると真ん中に通路があり両脇にベッドのように板張りの棚が並びアンペラで仕切られた部屋ともいえない部屋が作られていた。そこには病人が並んで横たわっている。周りには予防着を付けた医療従事者と分かるかなりの人数の者たちが忙しそうに働いていた。愛子は職業的な臭覚でここは臨時の医療施設であり、なんらかの軍事組織の野戦病院ではないかと直感した。

木村医師はベッドのわきに付き添っている白衣の看護人たちと中国語で何やら話をしていた。聞き終わるとドクターは、端のほうの患者から診察を始めた。てきぱきと指示を与えながらいつものように手際よく診療を終わると、愛子に処置を命じた。明らかに銃創の負傷者が多かったがそれ以上にチフス、ペスト、コレラなどの感染症患者がいた。

「先生、ここは野戦病院ですか？」と聞いた。

「うん、分りやすく言えば抗日のパルチザン地下組織の医療施設とでもいえばいいのかな。ここではいろんな種族の人間が治療を受けています。医療には敵も味方もありませんからね」

それを聞いて愛子は少しも違和感がなかった。むしろそれが木村ドクターに相応しいと思われた。一通り全員を診《み》終《お》わると別棟《べつむね》の会議室のような部屋で医療従事者から長い時間話を聞いた。中国語で話していたので愛子には話の内容は分からなかった。しかし、長い話を聞き終わると木村ドクターはおもむろに愛子に話の中身をかいつまんで説明した。

「此処にいる患者たちは関東軍七三一部隊の『細菌戦』の実験台にされた犠牲者であり、その非人道的戦争犯罪の証言者たちです」

「えっ？　七三一部隊って噂には聞いていますが、『細菌戦』だなんて、本当にそんなことをしているんですか？」

「彼らの話はこうです。作物の取り入れが始まるころ、日の丸をつけた軍用機が彼らの村の上空を超低空で円を描いて飛びながら、何か煙のようなものと一緒に小麦や玉蜀黍などを撒いたそうです。数日後からその一帯で全身痙攣《けいれん》を起こし、最初は身体が赤くなり、まもなく黒い斑点が現れそれが広がって死ぬ者が急に増えたそうです。これは疑いもなくペストの特徴的な症候です。煙のようなものというのは恐らくペストやコレラもしくはチフス菌で培養された蚤・虱を穀物に混ぜて散布したのでしょう。このような事例はすでに中国全域で起きています」

木村ドクターは一呼吸してから話を続けた。

「私自身すでに何ヶ所もそういう地域で診療しました。病菌で感染させた鼠が大量に投下されたという事例もあります。私が掌握している情報だけでも崇山村、浙慘、寧波、常徳、農安、等々枚挙にいとまがありません。もはや隠しようもない事実としてこの情報は世界に拡散しています。日本帝国主義は他にも類を見ない残虐な犯罪行為を行っています。ハルピンの郊外に七三一部隊の〝研究所〟があります。あなたもそのことは知っているでしょう？　あそこは他には類を見ないほど厳重な防御壁や電流の通じた有刺鉄線でバリケードが築かれています。その中でどんなことが行われているのかは具体的なことは分かりませんでした。中には中国人、朝鮮人、さらにはモンゴル人やロシア人もいるそうです。大勢の〝捕虜〟が収監されていて、これまで何人も逃亡を試みたそうですが、だれも成功しなかったようです」

ここでドクターの口調がかわった。

「しかし、ついに奇跡的にその地獄から逃亡に成功した者がでたのです。彼は脱走してわたくしたちの仲間のところへ逃げ込み、助けられました。彼はただの農民に過ぎませんが、ある日突然、畑で日本兵に捕まえられ〝研究所〟へいれられたのだそうです。彼はその中で何が行われているのか詳細に証言してくれたのです。証言によると信じがたい残酷な〝実験〟が行われていることが分かりました。それは『人間の生体解剖』と『生体実験』です」

愛子はそれを聞いてショックで小刻みに体が震えるのを止めることができなかった。木村ドクターは話を続けた。

「それは十分あり得ることだと思っていました。じつは大阪の医科大学に教授として残った親しい後輩から聞いたことですが、七三一部隊の行っている『生体実験』や『生体解剖』のレポートは研究上実に多大な貢献をしているというのです。それが実際に生き証人からの証言となると、もはや否定できない事実として認めざるを得ません。いや聞きしに勝る非人道的犯罪行為を実践していたのですねえ。私も信じられません」

普段は冷静な木村ドクターが珍しく興奮していた。

「どうして？　日本人がどうして？……そんなひどいことを！……」といって愛子は絶句した。

日本はアングロ・サクソンという海賊民族のアジア支配から中国を解放するために満州国を建設し、五族が協調する大東亜共栄圏を作るための正義の〝聖戦〟を遂行しているのだと教えられた。それをあいまいな形ではあったが半分は本気で信じていただけにショックは大きかった。

「いま、自分がここ満州にいるということは、知らなかったとは言え、このような人の道に反する蛮行に手を貸していることになる。知らなかったでは済まされないことだ。どうすればいいのだろう？」

後悔の念とともに言い知れぬ怒りが自分に対して噴出した。いま、ほとんどすべての日本人が、私と同じようにそれと知らずに、戦争犯罪人の片棒を担いでいることになる。どうして、いつからこんなことになってしまったのだろう？　愛子の顔は苦渋に打ちのめされ歪んでいた。それを見てドクターは言葉を補足した。

「確かに日本帝国主義は許されざる残虐非道な犯罪を行っています。七三一部隊のやっていることはその象徴的なことです。絶対に許されないことです。しかし、イギリスやフランスやオランダがいまアジアでやっていることも大同小異です。弱肉強食の原理が正当化され世界を席捲《せっけん》しています。今、世界を舞台に起こっていることは植民地争奪戦、地球資源収奪戦です。これは各国の民衆が起こしたのではありません。〝国益〟のためと喧伝《けんでん》しながら専ら自己利益のために各国の一握りの大資本家たちが起こしているのです。かれらに扇動されるままにどの国の民衆も従順な羊の群れのように無邪気にあやつられているのです。残念で悲しいことです。世界中の民衆が〝集団催眠術〟にかけられているとしか思えません。なんとか絶望的な事態になる前に覚醒《かくせい》してほしいものです」

この話を聞いて愛子は「ガーン！」と頭を殴られたようであった。これまでの自分がいかに無知であり、ドクターの言葉を借りれば〝集団催眠術〟にかかってしまっている。しかもそれに気が付かなかったことが無性に恥ずかしかった。そして説明のつかない腹立たしさに駆られたのである。

愛子はその日、夕食を済ませいつものように居間のソファーに修吾と並んで座り、中国茶を啜りながら今日の野戦病院の出来事を話した。

「今日は朝からドクターの運転で遠くまで往診のお供をしたんです。そこは粗末ですがかなりの広さの臨時の野戦病院のような建物でした。ドクターの話ではそこは抗日パルチザンの野戦病院だということでした。中はコレラやペストとわかる伝染病患者でいっぱいでした」

愛子はそこでの診療状況やそのあと別室でドクターから聞いた七三一部隊の細菌攻撃と生体解剖について話した。話は次第に熱を帯びていた。

「思いもよらないことでした。ショックで言葉も出ませんでした。ひどすぎます。あなたはどう思いますか？」

「そういう噂は僕も聞いたことがあるよ。でもその被害者を実際に目の前にすればほんとうにショックだね。七三一部隊というのはそのほかに毒ガス兵器も作っているらしいんだ。そういう兵器は非人道的だとして国際条約でも禁止されているのだけどね。関東軍がそんなことまでしているとは、狂っているとしか言いようがない。ひどい、そんなことは絶対に許されないことだ！」

修吾の言葉にも憤懣《ふんまん》やるかたない感情の高まりがあった。

「わたくしたちは中国やアジアの人たちに顔向けできないですね。こんなことになっているなんて夢にも思いませんでしたが、どうしてこんなことになっているんでしょう?」

「満州建国は『五族協調』『大東亜共栄圏』建設だと鼓吹《こすい》されて、僕も欧米の不当な支配からアジアを解放する正義の〝聖戦〟だと半分くらい信じていたところがある。しかし……ここ満州で関東軍が現実に行っているあれこれの事実を知ると、七三一部隊が特殊な例外ではないことに気づかされる」

修吾は茶を一口飲んでから話を続けた。

「そもそも戦争は、国家間の利権の争奪戦以外の何物でもない。その黒幕の実体はそれぞれの国家の一握りの財閥なのだ。〝正義〟だの〝神聖〟だのと言える戦争などあるはずもない。実態を隠すためにそんな言葉が使われているにすぎないのだ。中国国内の混乱につけこんで欧米列強に伍して、日本の財閥が軍事力を操って朝鮮や中国から資源と利権を収奪している実態がはっきり見えてくる。実は、僕の務めている赤菱興商もそういう財閥の代表格なのだ。社員として会社に貢献すればするほどそれとは気が付かないうちに紛れもなく戦争協力者になっていることになる。おれはどうかしている」

「そのとおりだわ。私たち本当にどうかしているわ。とんでもない犯罪行為の共犯者になっているのね。恐ろしいことだわ。どうしたらいいのかしら」

「こういうことを口に出していえばたちどころに『非国民！』だの『売国奴！』といって監獄に叩き込まれるだろうね。思えば、すでにこの戦争に反対を主張して拷問で虐殺された小林多喜二や山本宣治といった人たちもいたのに、その行為を真面目に受け止めることができず、彼らを見殺しにしてしまったことがそもそも間違いのもとだったんだ」

「私だって日本人ですから日本が好きで愛しています。『愛国心の証は、お国のために命をさゝげることである。大日本帝国の戦争遂行に抗する者は賊であり征伐しなければならない』こういって『お国のために死ね！　殺せ！』と教え込まれてそれを今日まで疑ったことがありませんでした。ですが、七三一部隊に象徴される関東軍が満州で行っている〝聖戦〟の実態を知ると、これは恐ろしいことです。どこか間違っていますよねえ。だって、国民に生きることを保障するのが国家の務めですよね。それをお国のために『死ね！』というのはどう考えても道理に合いませんよね」

　思ってもみなかった言葉が口をついて溢れるようにでてくることに驚きながら、それに同意を求めるように修吾の目を見つめて言った。

「そうだね。そんな国は愛するに値しないな。騙されていたんだと分かるとやりきれないなあ。まったく！」

「こんなことを考えるなんて、私たちって筋金入りの『非国民』ですね」

「そうだね。『非国民』こそ正しかったんだ。こんなことを会社の上司が知ればどんな顔をするだろう。困惑するだろうね。今すぐ辞表をたたきつけて会社を辞め、戦争に協力することを拒否すべきかもしれないな。しかし、そうした後、命の保障はないからねえ。僕は一度この問題で木村ドクターと話をしたいなあ」

「そうね、私も聞いてみたいな」

二人は釈然としないまま夜の更けるのも忘れて、気の重くなる話を続けた。

そのようなことがあってからしばらく経ったある日、修吾からこんな話があった。愛子の誕生日をロシア人の経営する料理の美味しさで評判のホテルのレストランでお祝いしたい、木村ドクターも招待したいと提案した。愛子は嬉しかった。そしてすぐに提案を受け入れた。

評判どおりの美味しいロシア料理とロシア酒で祝いの宴を堪能したあと、最上階の展望の良いラウンジに席を移した。三人はそこのソファーに席を取りあれやこれや日常的なとりとめのない話をしたあと、愛子はドクターに日ごろ聞きたいと思っていたことを尋ねた。

「先生、今日はお忙しいのにわたくしたちのためにおいでくださってほんとうに有難うございました。先生の折に触れてのお話をお伺いして、戦争の黒幕は各国家の財閥で私腹を肥やすために国益を装いながら国民を駆り出しているということが理解できました。そんなこととは知らずわたくしもいつの間にか忠君愛国、滅私奉公に殉じる〝愛国者〟になっていました。無知からのことですが、無知だから無罪というわけにはゆきません。恥ずかしいかぎりです。いまは戦争という狂乱の渦に巻き込まれ、もはや抗する術もないように思われますが、いったいどうすればいいのでしょう？」

愛子の言葉を静かに聞いていたドクターが、いつもと変わらぬ落ち着いた口調で言った。

「ほとんどの日本人が置かれているいまの状況の中でそのようなことに気づく日本人は滅多にいないでしょう。私にはあなたは狂気の中から正気に戻った奇跡の人に思えます。もうそれだけでもこれまでの無知の罪を償うに値すると思います。あなたにできることは命を大切にして生き続け、一人でも多く正気に立ち返らせることです。なまやさしいことではありませんが、あなたにはできると思います」

「戦場で銃を撃ち合い殺しあっているのは全く縁もゆかりもない、したがってなんの恨みも憎しみもない者同士ですが、こんなことはあまりに酷《ひど》すぎます。人間のやることじゃない。極めて分かり易い道理なのにそれをこれまで曖昧のままにしてきたことがなんとも悔やまれます。僕もどうかしていました」と修吾が苦渋の表情を隠しもせず口をはさんだ。

「ほんとうに愚かであり慚愧《ざんき》なことです。陰でほくそ笑んでいる黒幕がいて、その黒幕に操られているという真実を民衆が見抜くことができればいいのですがね。そして真実を知った世界中の民衆が、戦争をボイコットすれば戦争は続けられなくなるでしょう。それはたいへん難しいことに思われますが、いつの日か必ずそういう日がくるのを願うばかりです」

「ところで、この戦争の結末はどうなるのでしょう」と愛子は訊《き》いた。

「日本軍はどの戦場でも敗勢を余儀なくされています。太平洋戦線はすでに最終段階にきているようです。どういうかたちになるのか予想もつきませんが、いずれにしても日本は敗けるでしょう。日本は日ソ中立条約を結ぶソ連に戦争終結の仲介を取ってもらおうとしているようですが、スターリンは食わせ物です。彼が指導する国が社会主義といえるのかどうか怪しいものだとわたくしには思えます。彼はこの戦争終結後の世界の覇権をうかがってさえいます。ドイツとの戦況に目鼻《ほ》《ご》がつくや中立条約を反故にして日本に宣戦布告するだろうことは容易に予想されます。このままおとなしく傍観していることは考えられません」

「噂にはききますが、本当にソ連軍は満州に攻め込むのでしょうか？」

「断定的なことは言えませんが、日露戦争以来、朝鮮や中国をめぐる日ソの折衝からすれば、好機を見計らって攻め込んでくるのは十分考えられることです。もっとも日本が予想以上に早い時期に降伏すればスターリンはそのチャンスを失うでしょうが。しかし、いまの日本の軍部は自暴自棄になってもはや冷静に状況判断ができなくなっているのではないだろうか。国家そのものが特攻的自爆へ盲進する可能性もあります。はっきりしているのは日本の勝利はなく『大日本帝国』が崩壊するのは時間の問題だということです」

「『満州国』や中国はどうなるのでしょうか？」

「中国はいま蒋介石の国府軍と毛沢東の率いる共産軍が不幸な内戦を戦っています。中国にとってこれは国民的な悲劇です。腐敗堕落した大清帝国の弱みに付け込んで欧米、とりわけイギリスが中国を植民地化するためにアヘンを手段にして横暴な干渉をして思いのままに収奪しました。イギリス人はもともとバイキングの民族であるアングロ・サクソン族です。東インド会社をつくってアジア制覇を目指し莫大な利益をあげました。その結果、大清帝国は没落し、いま中国はその後遺症で混乱のさなかにあります。内戦はそこから立ち直るためのプロセスでしょう。おそらく、中国共産党が率いる陣営が、内戦後の権力を掌握するのではないかとわたくしには思われます」

「で、日本の胆入《きもい》りで建国された『満州国』はどうなるのでしょう?」

「日本軍が撤退すれば『満州国』は自力で国家として存続することは難しいでしょう。そもそも、国際連盟は『満州国』を独立国家として認めていませんからねえ。しかし、日本にとって代わってソ連やモンゴルなどの外国の領土になることもないでしょう。どういう勢力になろうと中華主義の枠内に組み込まれることになるのだろうと思われます。日本帝国主義は、中国大陸での戦争で中国を西欧列強の支配から解放し、全アジアを西欧支配から解放し『大東亜共栄圏』をつくる『聖戦』だと主張していますが、それはあまりにも見え透いた自己本位のプロパガンダに過ぎません。イギリスやフランス、オランダからアジアの独立を取り戻す解放戦争であるなら、アジア諸国と共同戦線を構築して戦わなければならないはずです。現実はまったくそうなっていません」

ドクターは愛子に向かって言葉を続けた。

「善意からというよりも無知から日本帝国主義のプロパガンダを信じている一般の日本人には心外に聞こえるかもしれません。ですが、この日支・アジア戦争の実態は、西欧・米・ソ列強の大資本家間のアジアをステージとする資源争奪戦争に日本の財閥が加わっただけのことです。戦争に『正義』だの『神聖』だのという言葉は通用しません。幼稚なまやかしです。限りある地球上の資源を血で血を洗う争いで奪い合う姿は無惨です。浅ましい限りです。人類はまだその程度の知的成長しかしていないということです。悲しいことです」

ドクターの話は次第に熱を帯び、いつになくトーンが上がっていた。修吾と愛子は閉ざされていた世界が開かれてゆくように感じながら話に引き込まれていた。

「先生のお話を聞いていると本当に目から鱗《うろこ》です。ここでの戦争の真実がはっきり見えてきたように思います。お話を聞くと、とても分かり易いことなのにわたくしたちは、どうしてそんなことが分からなかったのでしょう。これは怖いことですね」

「『皇国思想』が正しい判断を狂わせてしまうのでしょう。一握りの大財閥が後ろ盾になっている日本帝国主義権力は、その権力維持のために天皇を巧みに利用しているのです。総力を挙げて国民を〝皇国の臣民〟に育成するための教育を遂行しています。結果として一億国民は『皇国神話』の催眠術にかかり理性を眠らされているのです。そのうち目が覚めるのでしょうが、代償はあまりにも大きすぎます」

愛子と修吾は重い宿題を抱え、それぞれに解答を見つけようと頭を悩ませている小学生のように沈黙したまま肩を寄せ合って帰路についた。

一年後、愛子は男子を出産した。赤ん坊は温かく柔らかく手足はゴムマリのように弾んでいた。

「ああ、〝私の天使〟だ!」

清浄無垢《せいじょうむく》とか天真爛漫《てんしんらんまん》という言葉はこのような〝天使〟のためにあるのだと思った。面会が許されて病室に入ってきた修吾に母親の笑みをこぼれるほどに湛《たた》えて、

「修吾さん! ありがとう! こんな素敵な〝天使〟をプレゼントしてくださって」

「いやあ、お疲れ様! ありがとうは僕の方で君に贈る言葉だよ。ありがとう! ありがとう!」

「わたしたちの何物にも代えがたい宝物よ。ねえ、ほら抱いてあげて」

修吾は愛子から赤ちゃんを受け取り、まるで壊れ物でもあつかうかのように抱いた。二人は顔を見合わせた。修吾はそこに夢でも幻でもない笑みを湛えた慈母の姿を見た。〝可愛い天使〟を新米の父親と母親は肩を寄せ合っていつまでも愛おしそうに見つめていた。

二人の〝天使〟は、修吾の一字をもらって修一と命名された。愛子が我が子のおむつを替えたりお湯にいれたりしているうちに〝天使〟の左の大腿部《だいたいぶ》の付け根に近いところに肌色よりやや茶色がかった薄い紫色にも見える、痣《あざ》のあるのに気が付いた。

「おや？　こんなところに痣があるのね」

この形は何かに似ているなあと、あらためて注意して眺めると、それは間違いなく四葉のクローバーの形であった。四葉のクローバーは子供のころ野原で見つけて遊んだことがあった。これを見つけると幸運を呼ぶといわれていた。

「修ちゃん、素敵だねえ。これは幸運を招く四葉のクローバーよ。これは大山修一ですと証明するあなただけの印《しるし》なのだわ。幸せを呼ぶ〝四葉のクローバー〟ちゃん！」

愛子は愛おしそうにそれを優しく撫《な》ぜながらつぶやいた。

愛子は現地の若い娘のお手伝いさんと子守を雇い、木村ドクターの許で医療活動を続けた。木村医院は常時患者がいっぱいだったが、ドクターは診療をやりくりして時間の許す限り往診に出かけた。立派な西洋風のレンガ造りの建物が並ぶ中央大通りに住む裕福なロシア人や富豪の中国人を診ることも多かったが、それとはまったく違う最下層の人々の住む区域にも気軽に出かけた。

表通りを外れて裏小路をくぐり抜けると、街の様子はガラリと変わった。表通りからはおよそ想像できない雑然とした裏町が現れる。辺りには貧困の臭いが息を詰まらせるほどによどんでいた。ボロをまとった幼い子供の手を引き赤ん坊を背中に背負ったお母さんらしき女、目やにだらけの目を開こうとしばたたせながら、歩くのがやっとの腰の曲がった老人、そんな社会のはみだし者たちがたむろする街の片隅には医者に診てもらうこともできず成り行き任せの病人がごろごろしていた。ドクターはそういう区域では患者と見れば手あたり次第診療の手を差し伸べた。

「人間なら誰でも生きる権利があるのだ。だから、命を守るために医療を受ける権利もあるんだ。患者が目の前にいるのに見て見ぬふりをすれば医者失格になる、というよりも、人間失格になってしまうからね」

その言葉は愛子の心を電撃のように撃《う》った。

「そうだ。その通りだわ」と愛子は納得したのである。ドクターはこの信念で可能な限りそのような医療活動を続けていた。木村ドクターに付き添って、貧困の市民や戦争犠牲者となった老人、子供、女性への医療活動を続けるうちに、ドクターの信条や志を理解し共有するようになった。貧富の差、男女差別など社会的矛盾への認識が深くなり、愛子の社会的弱者への同情が、次第に権力者への反抗心を芽生えさせていった。

第七章　敗戦　帰国

一九四四年になると、すべての戦場で日本軍は敗退を余儀なくされていた。太平洋戦線では六月に米軍はサイパン島を占領、七月テニアンへ上陸、八月テニアン守備隊玉砕《ぎょくさい》、グアム島守備隊玉砕、十月沖縄空襲、レイテ沖海戦、神風特別攻撃隊初出撃、米軍レイテ島占領、十一月二十四日、B29東京大空襲と、敗色は一段と濃厚となった。

愛子と尋常小学校の同年だった餓鬼大将の〝さぶちゃん〟新井三郎は、新村の高等小学校を卒業すると、志願して霞ヶ浦飛行場に開設された海軍飛行予科練習生となった。三年間の教育期間と一年間の技術教育を経て、一九三七年横須賀海軍航空隊へ入隊した。もともと肝っ玉が据わり、教官が驚くほどに操縦技術に長けていた新井三郎は、一九四〇年から運用されたゼロ戦のパイロットとなり、七月、中国重慶上空空中戦に初出撃した。敵機を撃墜したのを手始めに出撃のたびに赫々《かくかく》たる戦果を挙げ、空の英雄となっていた。

一九四一年十二月八日、日本軍の真珠湾攻撃で太平洋戦争が始まった。アメリカ空軍戦闘機との空中戦でも数々の手柄を立てた新井三郎は、幾つも勲章をもらいいつの間にか海軍中尉になっていた。一九四四年十月二十五日、レイテ沖海戦に「神風特別攻撃隊」が初めて編成され、ダバオ基地から出撃した。新井中尉は、ゼロ戦五機編成の「雷鳥隊」を率いてそれに加わっていた。

レイテ沖に群れている攻撃目標のアメリカ艦隊に遭遇した隊長は直ちに目標めがけて攻撃命令を出した。一番機が巡洋艦の艦橋に真正面から体当たりした。艦はたちまち黒煙に包まれて炎上するのが確認された。他の三機も次々に敵艦めがけて突入していったが、艦船からの猛烈な弾幕に捉えられ突入直前で次々に火だるまになって太平洋に落下していった。それを見届けた新井中尉の血は敵愾心《てきがいしん》に煮えくり返った。目の前に巨大な航空母艦の姿があった。

「畜生！　よし！　あれだ！」スロットルを目いっぱい引いた。エンジンが爆発するのではないかと思われるほどの唸《うな》り声をあげた。いったん上昇させたゼロ戦を方向転換させ、体勢を立て直すと新井中尉は、一気に操縦桿《そうじゅうかん》を前に倒した。

「母ちゃん！　突っ込むぜ！　みててくれ！」

と叫ぶと、一直線に航空母艦めがけて急降下していった。機体は甲板を撃ち破って中甲板へめり込んだ。その瞬間、搭載《とうさい》していた五十キロ爆弾が爆発した。それが艦自身の内部で爆発を誘発した。次から次に爆発が起き、巨大な航空母艦はたちまち黒煙に包まれ炎上した。やがて長い時間をかけて沈んでいった。戦闘機一機で航空母艦を撃沈したのである。まさに大戦果である。

十月二十七日の大本営の発表は、何時にもまして華々しかった。神風特別攻撃隊の初出撃が勇ましく伝えられ、その戦果はあたかも米軍艦隊を壊滅させたかのようであった。二十九日付けの地元紙「信州毎日新聞」には「松本新村出身の神風特攻隊長新井中尉、必殺の体当たり攻撃により敵空母を撃沈」「信州男児の武勲」という記事が載った。そして、新井三郎の体当たり攻撃による戦死が空の英雄の死として讃えられていた。

十二月になって、新の郷では村をあげて壮烈な戦死によって二階級特進した新井三郎少佐の栄誉を称え、英霊として崇《あが》める記念の催しが開かれた。華々しい中に悲壮感の漂う催しが終わった。みなが去った後、三郎の母親は、大事な息子の遺髪が納められた〝白木の箱〟に一人だけで向かい合った。そして堪《たま》らず誰にも憚《はばか》ることなく箱を抱きかかえ話しかけた。

「さぶや、痛かったずら……何にもしてやれなんで……ごめんな、……さぶや、おめえの言う通りだ……天皇さまは神様じゃねえ、みんな嘘だ……あんとき、あんねに怒って悪かったなあ……ごめんな……さぶや……大手柄を立てたちゅうが　母ちゃんはちっともうれしくねえだ……おめえを天皇様に盗られちまったようで、やたら悔しくて切ねえだけだ……ごめんな……さぶ……もっと生きていて欲しかっただけで……」

涙がこらえきれずあふれ出した。声を出すまいと必死に押し殺した母親の嗚咽《おえつ》が、暗闇をいつまでも震わせていた。

十二月も押し迫ってから秀子から愛子への手紙がきた。三郎が十月二十五日のレイテ沖海戦で神風特攻隊の初出撃に参加し、敵空母に突入して撃沈させ名誉の戦死を遂げた。その功績で二階級特進して少佐になり、村では挙《こぞ》ってその栄誉を讃《たた》え、英霊として崇めたとあった。かつて天皇が神様かどうかと疑って、母親にこっぴどく叱られた三郎が〝醜《しこ》の御楯《みたて》〟となって太平洋に散ったのである。その知らせに愛子は純真な幼馴染《おさななじみ》を死へと追いやった得体のしれない陰の力に言い知れぬ怒りを抑えることができなかった。

戦況は加速度的に敗色濃厚になっていた。一九四五（昭和二十）年になると、太平洋戦線や南方戦線へ転戦した関東軍の主力部隊の戦力の穴埋めのために満州にいる十七歳から四十五歳までの働ける日本人男性が〝根こそぎ召集〟された。これまで召集免除の扱いであった修吾にもついに召集令状が来た。それには「七月七日午前九時までに関東軍ハルピン第四軍独立混成第一三一旅団、独立歩兵第七八三大隊に出頭すること」とあった。

入隊の日の前日になった。修吾と愛子は思い残すことのないように心がけて一日を過ごした。愛子は修吾が兵隊の一員となって戦争する仲間に入って行くことがどうにも信じられなかった。どうしてこんなことになってしまったのだろう？　どうして親子三人のささやかな平穏な生活が続けられないのか？

「戦争さえなければこんなことにはならないのに、人間はどうして戦争なんかするんだろう？」

とつぶやくように言った。

「戦争は人間同士が殺しあうこと以外の何物でもない。決して人間のやることではない。愚かだ。戦争なんかやりたくないと思っているのにその渦中にひきずりこまれてしまう。そんな自分が呪わしいよ」

修吾は愛子を見て話し続けた。

「どうやら人間には二つ種類があるようだ。戦争が好きか嫌いかだ。いまは戦争好きが我が物顔をしてのさばっている。戦争は嫌だという人間が、はっきり嫌だと拒否しなかったから戦争好きの仲間にさせられてしまっているのだ」

「本当にそうねえ。私も教育勅語と修身でお国のため、天皇陛下のために命を捧げるのが日本人の使命だと教えられ、それを夢の中でのようにぼんやり信じて満州に来たのです。でも、いま、逆らうことのできない大きな流れに流されているのが、はっきりわかります。こうなる前にこれを止めさせようと思いもしなかったことが悔やまれるわ。悩むこともなくよい子になって戦争への流れに従ったことは本当に愚かでした」

「戦争をやりたがっている連中は戦争で儲けることを企んでいる。その企みを見破って戦争に反対した日本人もいた。僕の知る限りでも山本宣治とか小林多喜二、幸徳秋水、堺利彦、相沢良、槇村浩といった人たちがいた。みな特高警察に付け狙われ『アカ』、『非国民』のレッテルを貼られて、権力の暴力機構によって抹殺されたり、牢獄に幽閉されたりした。『アカ』というのは、資本の独占に反対する社会主義・共産主義者たちに対する別称だが、資本を独占しようと企む者たちにとっては心底不都合千万な存在だろうね。だから、独占資本家・財閥に担ぎ出されている権力は、それを弾圧するのだ。このからくりがわからなければ、警察が目の敵にする『アカ』は極悪非道《ごくあくひどう》な『売国奴《ばいこくど》』に思えてしまうのだ」

「ああ、そうなんですね。だから国民にとって『アカ』は悪者に思われているんですね。そんなこととは知りませんでした。バカでした……」

「そう、君だけのことじゃない。ほとんどの国民にはそのことがわからなくさせられているのだ。戦争に命懸けで反対した人たちを見殺しにしてしまったんだからねえ。愚かだったよ。その挙句いまではどうもがいてもこの流れから逃れることができなくなっている……本当に無念だよ……」

修吾はがっしりした胸に愛子をしっかり抱き、頭を愛子の首筋に埋めた。修吾の熱い涙が愛子のうなじを温かくぬらした。

「こんな戦争で死なないでくださいね。必ず帰ってきてください」

「うん、どうやって生き延びて君のところにもどってこられるかだけを考えることにするよ」

「ええ、きっとよ！　どんなことがあっても帰ってきてくださいね！」

七月七日は、日本では七夕まつりである。愛子は、うちわを持って浴衣姿でお星さまに願《がん》をかけた幼いころをふっと思い出していた。ハルピンでは七月だというのにその日の朝は冷え冷えとし、松花江から立ち上った濃い霧が街を包んでいた。カーキ色の国民服にゲートルという召集兵の正装に身を包んだ修吾は家を出た。

「じゃ行ってくる。修一を頼んだよ。いざと言う時には会社や病院の人たちと一緒に行動するんだよ。単独で行動しないようにしなさい。決して命を粗末にしてはいけない。どうなってもあきらめてはいけない。生きるんだ！　いいね！　じゃ……」

修吾は修一を愛子から抱き取りしっかり抱きしめた。戦争の結末をある程度見定めていた修吾はもう二度と会うことはできないと観念していた。愛子と修一はこれからどうなるのか。修吾は二人をこのまま残して行くのがたまらなかった。会社があとの面倒をみてくれるように打てる手はすべて打ってはきたが不安は払拭できなかった。まさに後ろ髪を引かれる思いで足取りは重かった。

「必ず帰ってくるよ」

これ以上何かを言えば涙がとまらなくなるに違いないと思った。修一を抱いた愛子が瞬きもせずいつまでも見送っていた。

霧がさらに濃くなっていた。駅への曲がり角で霧のカーテンの向こうにぼんやりとしか確認できない修吾がもう一度ふり返り手を振った。その姿は霧の中に直ぐ飲み込まれていった。愛子が修吾の姿をみるのはこれが最後となった。

広島と長崎に原子爆弾が落とされ、それによって戦争の結末は決定的になっていた。この崩壊寸前の日本にたいして一九四五年八月九日、日ソ中立条約を一方的に破棄してソ連軍が突如、国境を越えて満州に侵攻してきた。すでに太平洋戦線は各地で日本軍の撤退と玉砕《ぎょくさい》が続き、関東軍の主力は戦力補充のためそちらへ転戦させられていた。

満州に残留した関東軍の司令部はすでに統率機能が弱体化し、それまで誇っていた強大な戦闘能力を失っていた。現地の〝根こそぎ〟召集された補充兵たちの集団は、統率力のある士官ではなく、後に残された実戦経験の乏しい若い下士官の指揮下に入った。修吾が配属された部隊も中隊から小隊へ、さらには分隊へと分散化していた。急遽任命された未熟な下士官の小隊長や分隊長の独自の意思に従って個別に行動するほかなかったため、分隊のその後の消息を確認する手掛かりは全くなかった。

八月十五日、愛子は修一をしっかり抱いて木村ドクターたちと一緒に天皇の玉音《ぎょくおん》放送を短波の東亜放送で聞いた。天皇の言葉は聞き取るのが難しかったが、そのあと流された英語による放送は聞き取ることができた。ドクターはそれを聞いて大きく頷《うなず》いた。そして興奮を抑えるように低い声で言葉を噛みしめながら言った。

「天皇はポツダム宣言を受け入れたと言っています。日本は無条件降伏したようです」

すでにある程度予期していたことではあったが、愛子には衝撃であった。満州の日本人はどうなるのか、日本はどうなるのか、修吾は無事だろうか、と次々に思い浮かぶ不安につぶされそうだった。

その時ハルピン陸軍病院の院長は、陸軍中将の軍医が務めていた。彼は立場上いち早く関東軍司令部最新の機密情報を入手していた。その情報に基づく院長の独自の判断によって、八月十四日から十七日にかけて、およそ六千人の病院スタッフ全員と一千人の入院中の傷病兵をハルピンから脱出させた。愛子もかつての同僚たちに誘われたが、修吾の帰りを待っていなくてはという思いがあった。それに木村ドクターとの医療活動を放棄することが躊躇《ちゅうちょ》され、同行することをやめた。

木村ドクターが厳しい口調でこう言った。

「愛子さん、間もなくソ連軍がハルピン郊外に迫ってきますよ。ここにいては危ない。あなたは修一君を連れて日本へ帰った方がいい」

「でも先生はどうされるんですか」

「私はもうしばらくここに残って医療活動を続けます。修吾君がここに戻った時には、愛子さんと修一君は無事に日本へ帰国したことを伝えます」

「修吾さんは必ず戻ると言いました。だから私は修吾さんを待って一緒に帰国したいのです」

「どうしてそんな分からず屋を言うのですか。戦況はあなたの希望なんか聞いてくれません。引き揚げ列車に乗る手続きが手遅れにならないうちにハルピンから脱出しないと命の保証がないんです」

これほど強い言い方をする木村ドクターを初めて見たが、愛子はまだ自分たちだけが帰国するという気持ちになれなかった。

「修吾さんが戻っても、私たちがどこに行ったか分からないと困ると思います」

愛子がそう答えると、木村ドクターは殆ど叱る口調で言った。

「愛子さんの故郷があるでしょう。修吾さんがここへ戻ったら帰国できるように協力するから、あなたと修一君の身の安全を最優先してください」

愛子の脳裏に、故郷の山並みが浮かんだ。西の空に聳える山並みに続いて里山には梓川の清流が流れている。水田が広がり、上高地の入口まで電車が走っている。そこは愛子が生まれ育った信濃の国筑摩郡新の里である。

「先生、私が生まれ故郷へ帰ったことを、修吾さんに伝えてくれますか」

「もちろん約束します。あなたの故郷はここよりは安全でしょう」

「はい。妹の秀子の家もありますから私たちを受け入れてくれるはずです」

妹のことを話すと愛子の目に涙が溢れた。修吾と結婚すると伝えると秀子は親戚の人たちとハルピンまで来てくれた。秀子は「姉ちゃん、いい人と結婚したね」と言ったが、その妹も優しい良人と静かな暮らしをしている。

「先生、私は修一と日本へ帰ります。そして故郷で修吾さんの帰国を待ちます」

「それがいい。愛子さんと修一君が無事に帰国していれば、修吾さんもそこへ行けばいいわけだから」

木村ドクターにそう言われて愛子は帰国の決心を固めた。帰国するといってもここの家財道具まで持って行くわけにはいかない。当座の食糧と衣類、それから思い出の写真など背中のリュックに入るものだけだ。愛子は修吾へ手紙を書いて木村ドクターに託した。

〈修吾さん、修一を連れて先に帰国します。いま帰国しないと引き揚げ列車に乗れなくなるからです。帰る先は信濃の国です。筑摩郡新の里のことは沢山お話ししたから、あなたも迷わないで帰ってくれますよね。筑摩野はハルピンのような都会ではありません。しかし田舎にしかない良さがあります。近くの川ではヤマメや岩魚が釣れるし、里山にはキノコも山菜も沢山でています。修吾さんが帰国したら私がお蕎麦を打って食べさしてあげますよ〉

愛子は修一の手を引いて木村ドクターが手配してくれた引き揚げ列車に乗った。

その日（八月十九日）、広大な奉天駅前広場は日本人引揚者で溢れていた。昼近く、突然北の方角から爆音が聞こえたと思った瞬間、二機のソ連軍の戦闘機が頭上に現れ、広場を埋めた日本人引揚者めがけて低空で容赦なく機銃掃射を浴びせた。

「伏せろ！」とだれかの大声が聞こえた。抵抗する術のない人の群れはただお互いをかばい合って石畳の上に伏せるしかなかった。飛行機は反転しては執拗に機銃掃射を繰り返した。その度に広場のいたるところから悲鳴と断末魔《だんまつま》の絶叫が聞こえた。

愛子は修一に覆いかぶさるようにして死の恐怖に耐えていた。爆音が遠ざかった時、ようやく身体を起こし周りを見た。周りは血の海と化している。大勢の人間が血を流し、もがき苦しんでいる。目の直ぐ前に修一と同じ年頃の女の子が血塗れになって泣き叫んでいた。

母親が懸命に抱きかかえながら「ミーコちゃん！　ミーコちゃん！　しっかりして！」と必死の形相《ぎょうそう》で呼び掛けていた。まさに地獄絵であった。

修一の無事を確認して、愛子は咄嗟《とっさ》に、身に着けていた看護袋を開け、目の前で血を流し泣き叫んでいる子供に応急手当てを始めた。職業意識がそういう咄嗟の行動をとらせたのである。救護活動ともいえぬ急場しのぎの医療活動であったが、愛子はとにかく止血だけはしなければと手を休める間もなかった。ほんのわずかの間であったが、修一を引き寄せようと振り返ったとき、修一の姿はそこにはなかった。

「しゅうちゃーん！」愛子は動顛《どうてん》した。我を忘れて大声で名を呼んだが、近くには修一の姿は見えなかった。

「しゅうちゃーん！　しゅうちゃーん！」

人を掻き分けて探したが、大パニック状態の中では前へ進むのもままならなかった。愛子は人混みをかき分けて狂乱状態で修一を探したが、それらしき子供の姿を見つけることはできなかった。絶望的であった。

無為の内に時間は過ぎていった。動ける範囲は限定され、乗るはずであった引き揚げ列車はとうに出て行った。

藁にもすがる思いで各地から避難してきた日本人の収容所となっている満鉄や会社の建物や学校に行った。そこはどこもまだ引き揚げられない日本人があふれていた。「日本人連絡会」とか「帰国支援連絡会」といった組織のあることも分かった。

相談を受けつけるデスクには情報を交換しようとする人々がひしめいていた。愛子もそこで、奉天駅前広場で息子修一が迷子になったこと、修一の着ているもの、身長、容姿などを記入した紙を渡した。日本人が収容されている建物の壁は、連絡先や、伝言の紙切れで蔽《おお》われていた。愛子はそこで得た情報をもとに日本人が収容されているそのほかの場所を次々に尋ねまわった。どこも日本人避難者でごった返していた。そこで情報を探り、尋ね人の紙切れを置いて回った。

こうして八方手を尽くして修一を探したが、なんの得るところもなく疲労だけが蓄積されて空しく数週間が過ぎた。修一と最後に分かれた奉天駅前広場に戻り、途方に暮れて立っていた時、擦《す》り切れた綿の青い包衣を着た苦力《クーリー》風の男が近づいてきた。愛子の前に来ると、

「あなたオオヤマアイコさんですか」

と中国訛のたどたどしい日本語で話しかけてきた。まったく面識のない男から声をかけられ名前を聞かれて呆然とし返事も出来ずにいると、

「ワタシ、文福良といいます。木村センセイのトモダチ。センセイから頼まれました」

木村先生という名前を聞いて、張り詰めた気持ちが一気にほぐれた。

「木村先生はご無事ですか？　一体何を頼まれたのですか？」

「ハイ、センセイお元気です。お話があります。イッショきてください」

といって駅の貨物倉庫のあるほうへ歩き出した。

駅のはずれの原野に続くあたりの小路を二つ三つ折り曲がったところに倉庫の附属の建物があった。そこへ入ると、少し奥まったところに地下室へおりる階段の入り口があった。案内の中国人はそこをおりるように指図した。おりるとそこに明かりのともった八畳間くらいの部屋があった。二人の整った服を着た男が椅子に座っていた。案内の男は中国語でなにやら話していたが愛子にそこへ座るように促した。一体此処はどういうところでこの男たちは何者なのか？　一人が癖のない日本語で話しかけた。

「私達は木村先生と親しい友達です。ここに先生からのお手紙があります。読んでください」

と言ってうちポケットから封筒を取り出した。中に便箋が一枚はいっている。開いてみるとあの懐かしい丸っこい癖のある筆跡は紛れもなく木村ドクターのものだった。

〈大山愛子様　この手紙を所持する者は私の信頼できる友人です。貴女が奉天駅で修一ちゃんと離れ離れになり、探しているという情報が耳に入りましたので、奉天の友人に私の大切な協力者であった貴女を援けるようにと頼んであります。この者は信用出来ます。どうぞ困ったことがあればこの者に申し付けてください。お役に立てると思います。無事に修一ちゃんが見つ

かることを祈っています。 木村吾郎〉

そういえばハルピンでドクターのかばんを持って同行したあの得体の知れない野戦病院にはこのような感じの男たちがいた。どういう系統かはわからないがドクターが大きな組織と繋がりのあることは察しがついた。ドクターのこの手紙はいまの愛子にとってはまさに地獄で仏であった。目の前が急に明るくなり、

「木村先生はご無事なんですね。よかったあ」

思わず甲高い声が口をついて出た。

「よくわかりませんが、どうぞよろしくお願いします」と頭を下げた。

複雑な通路を通って階段を登り上階の一室に案内された。粗末ではあるが机と椅子があり、壁際にはベッドもあった。

「この部屋は安全です。どうぞ安心して使ってください。食事はお持ちします」

愛子はここを住み家として修一探しを続けることが出来た。文福良の仲間たちも自分たちの情報網を使って懸命に探索してくれた。日本人が多く暮らしていた春日町を始め騒乱状態の中、わずかな手がかりを手繰《たぐ》って探し回った。しかし、修一の消息は杳《よう》としてつかめなかった。

こうして二ヶ月ほど過ぎたある夜、文たちが集まってなにやら相談していたが、愛子を呼び出してこう伝えた。

「愛子さん、これまで私たちも一生懸命情報を集めましたが、どうしても修一ちゃんの情報は

何もつかめません。どうも修一ちゃんは、奉天駅から街の中へ出た形跡がまったくありません。また、修一ちゃんらしい男の子の死についての情報も何もありません。ということは、修一ちゃんはあの列車で日本人の帰国者の誰かに保護されて、日本に帰ったということも考えられます。その可能性が一番です。二日後に、日本人を帰国させるために仕立てられた列車が出ることになっています。残務整理で残っていた関東軍の関係者や軍属の方が優先的に引き上げる手はずになっています。愛子さんは陸軍病院の看護婦であったことで乗車手続きを取りました。この機会を逃すと次はいつになるかはわかりません。私たちは愛子さんがそれに乗ることを強く提案します。どうぞ冷静に決断してください」

「なんの手掛かりもないので、みなさんのおっしゃるようなことも考えられますねえ。みなさんにはほんとうにお力になっていただいてお礼のことばもありません。心残りですがその列車に乗ることにします。ありがとうございました」

憔悴し絶望に打ちひしがれた愛子は、これが年内では最後になるかもしれないという引き上げ列車に乗った。木村ドクターの地下組織のメンバーのあの青年が別れを惜しんで見送りに来ていた。

「アイコサン、ゲンキダス。シュウチャンキット、ミツカル。ダイジョウブ」

たどたどしい日本語であったがそれだけに気持ちがこもっていた。

「文さん、本当にいろいろと有難う。あなたたちのことは決して忘れません。お元気でね！

……」

思わず肩を抱き合った。文青年は薄い髭面《ひげづら》に目を潤《うる》ませた複雑な笑みを作った。

列車が大きな衝撃音を残してゆっくり動き出した。青年はいつまでも手を振って見送っていた。列車は大連に向かう満鉄の路線ではなく、国線（満州国鉄線）路線（奉山線）の錦州を経由して葫蘆島《ころとう》駅を目指していた。

ソ連軍が進駐している地域は治安が極めて悪くそこを通過して日本へ引き揚げることは不可能である。それを避けるために軍港であった葫蘆島の港から引き揚げ船に乗るのだという。思いがけない場所での停車を繰り返しながらほぼ一昼夜をかけて葫蘆島駅に到着した。港へ着くと大きな船が停泊していた。大勢の引き揚げ者と一緒に船に乗り、ようやく生きた心地を取り戻した。こうして博多に上陸し、再び日本の大地に立ったのである。

列車を乗り継ぎ、二日がかりでようやく松本にたどり着くことができた。懐かしいアルプスの真白な山並みが疲れ果てて生まれ故郷に戻ってきた愛子を迎えている。夕なずむ筑摩野の空を鳥がねぐらへ向かって飛んでいた。奈良井川の土手の向こうを電車がゆっくり走っていく。その風景に「ああ！　帰ってきた！」という実感が沸き上がった。師走の松本駅は生きようとして懸命な人々でごった返していた。長い時間を待って久しぶりに筑摩電鉄の電車に乗り新村の地を踏んだ。

秦越家が離散した後、妹の秀子は子供に恵まれなかったみつの弟上條和重の養子となって、家族同様に仲良く暮らしていた。三郷の農家から松岡豊作が婿として迎えられ秀子の夫となった。こうして秀子はいまでは二児の母親となり、すっかりたくましい一人前の百姓の女衆となっていた。愛子が安心して身を寄せるところはここしかなかった。

洗濯物を取り入れようとちょうど庭先に出ていた秀子は、薄暮の中に一つの人影を認めた。リュックを背負い布製の袋を肩に掛け小さな包みを手にし、こちらへ向かって懸命に歩いてくる。秀子にはそれが愛子であることがすぐわかった。手に持った洗濯物が地面にパラリと落ちた。秀子は両手を広げて夢中で小走りで表へ走り出た。

「おねえちゃーん!」愛子にしがみついた。涙がどっと吹き出した。

「よかったあ!　おかえり……」あとは言葉が出てこなかった。

「うん、ただいま」

二人は涙が流れるままに何も言わずしっかり抱き合った。秀子の温かい体温が伝わり愛子から一気に疲労が消え去った。

「ああ、戻るべきところに戻ってきたんだ!」という安心感に包まれた。秀子は愛子を家の中へ招じ入れた。

「ふんとにもどってこれてよかった。大変だったよね。よかったあ!　よかったあ!」

秀子は興奮冷めやらぬままに繰り返した。

「お前んとこに世話になるけどよろしくね」

「なにいってんだよ。戦争に負けて、日本中みんな困ってるけんど、農家は何はなくても食べるものには困らんでね。なんもしんぺえしなんでもいいで、安心してここで一緒に暮らしましょや」

「ありがとう」

秀子の言葉が一つ一つ愛子の心を癒した。

「修吾さも、修一ちゃんもそのうちきっと帰ってくるわね。あきらめねえこんだじ。あっちこっちへ手配だけはしておきましょ。なんせ、いまはどこもかしこもしっちゃかめっちゃかだで、そのうちなにか手懸りがつかめるわね。ねえちゃんの笑顔がきっといい知らせを引き寄せるんね。しばらくのんびりしましょや」

「うん、そうさしてもらうね」

人の好い実直な百姓である夫の豊作も、

「愛子さあ、よかったいねえ。おみつお婆ちゃんも草葉の陰で喜んでるじ。落ち着くまでここで一緒に暮らしゃいいで。食い物だけはあるでね。心配いらねえじ。そのうち落ち着きゃあ修吾さも、修ちゃんもきっと帰ってくるせ」といってくれた。愛子はそんな優しい心遣いがうれしかった。

「秀子、豊作さんていい人だね。いい人当てたじゃん。よかったね。ふ、ふっ、ふ……」

「ふっふっふ……うん、いい人当てたよ。ははは……」

「みつおばっ様も喜んでるわ」

二人はみつのことを懐かしく想い出し話が弾んだ。

愛子は、数日後にはすっかり体力を回復していた。ただちに、役場や引き揚げ援護局などに出かけ、修吾と修一の消息を知るのに必要な尋ね人の手続きをとり、情報を手に入れるために可能な限りの手立てを講じた。一方、修吾の所属した部隊については調べたが、全く分からなかった。現地召集の関東軍の〝根こそぎ召集〟された補充兵の部隊の消息は、ほとんどが闇の中でどこへ問い合わせても無駄であった。愛子は取り付く島もなく途方に暮れるほかなかった。

＊　＊　＊

長春の昭和電力会社で軍属の技術部長として働いていた須山賢治は、妻恵子と小学五年生の娘の美智子を連れて内地へ引き揚げるところだった。大勢の日本人の群衆に混じって奉天駅前広場で列車を待っていた八月十九日のことである。その時、突然飛来したソ連機の機銃掃射にさらされた。

幸いにも須山たちの待機していた場所は、機銃掃射の弾道から奇跡的に外れていた。パニックの中で我に返り、気を取り直して引き上げ列車に乗るためホームへ向かって移動しようとしたとき、一家の目の前で幼い男の子が「カアチャーン！　カアチャーン！」と泣き叫んでいた。須山賢治は気になったが、かまっている余裕などなかった。この列車に乗り損なうわけにはい

かなかった。見て見ぬふりをしてそのまま進もうとしたが、娘の美智子が男の子に駆け寄って手を取り、

「お母さんとはぐれたの？　大丈夫、さがしてあげるね」と話しかけた。

しかし、その子は泣き叫ぶばかりであった。周りは身動きできないほどごった返していて人を探すことなど絶望的であった。急がなくては列車が出てしまう。今度の列車が最後かもしれないと聞いていた。乗り損なえば次は何時引き揚げの機会があるのか分からなかった。何があってもこの列車に乗り込まねばならない。一刻も余裕はなかった。賢治は逡巡《しゅんじゅん》しながら、

「さあ！　急ぐんだ！　行くぞ！」と美智子と妻を急き立てた。

「お父さん！　この子一緒に連れてってあげよう！　おいていくのは可哀そうだよう！」

美智子は必死に哀願した。賢治は娘の思いつめた表情を見て、その願いを聞き流すことができなかった。父親は咄嗟の決断を迫られた。

「よし、美智子がそう言うのなら一緒に連れてゆこう」

一人増えた須山一家は、雑踏の中で離れ離れにならないよう必死に身を寄せ合い列車に向かって進んだ。そして、かろうじて一緒に列車に乗り込むことができた。美智子と恵子が、思いがけず家族の一員となった幼い男の子の面倒を懸命にみた。列車は気まぐれに止まったり動き出したりを繰り返し皆をやきもきさせながら進んだ。

当初は満鉄のターミナルである大連が目的地だと聞かされていたが、大連はすでにソ連軍の

厳しい統治下にあり日本人がその地域を安全に通過することはできないという。満鉄路線とは別の「国線（満州国国鉄）」の路線を錦州へ向かって、ほぼ一昼夜をかけて列車は葫蘆島駅に着いた。下車してから港まで小一時間ほど歩くと、岸壁には大きな貨物船らしい艦船が見えた。国府軍の兵に混じってアメリカ兵の姿もあった。乗船者は一人一人丹念にチェックされた後、長い時間をかけてようやく乗船できた。やっとの思いで広い船室の一隅に家族がそろって落ち着く場所を確保したとき、美智子は男の子に話しかけた。

「お名前は？　なにちゃん？」

男の子は美智子からポケットに持っていたドロップをもらうと、やっと表情を和らげた。それをしゃぶりながら「シューチャン」とつぶやくように言った。

「そお、シューチャンなの……何シューチャンって言うの？」

「……？」

「お母さんは？　どうしたの？」

「？……」

「シューチャン！　何歳かな……イクチュ？」

「？……」

恵子が指を二本立てて「二歳？　ニチャイ？」と聞いたがシューチャンからは確かな反応は返ってこなかった。

三本指を立てて「三歳？　サンチャイ？」と聞いたがやはり同じであった。

「まだ無理なようだね。二歳か……三歳になったかならないかぐらいかなあ」と須山賢治が口をはさんだ。

「いろいろ聞いてもまだ無理かもしれないなあ」

こうして修一は、シューチャンということ以外は事情が全く分からないままに、須山一家に保護されて、一家とともに博多港へ着いた。

須山賢治の生まれたのは滋賀県の古くからの宿場街水口であった。実家には姉一家が住んでいたので、須山一家は実家の近くの空き家を借りて住むことになった。

賢治は、二日後には引揚者や帰国者に関係するあらゆる組織、団体に当たって、シューチャンについての情報を得ようと懸命に努力した。新聞、ラジオの「尋ねびと」にも情報提供を繰り返し依頼した。

しかし、これといった情報は得ることができなかった。日が経つうちにシューチャンは美智子にすっかり懐《なつ》き、元気になった。家族でシューチャンのこれからのことを繰り返し相談した結果、須山家の養子として、須山秀一と命名することにした。一家の一員として育てることにして賢治は、役所に秀一を須山家の養子として入籍手続きをした。

第八章　筑摩病院へ就職　修一との再会

秀子の家に厄介になることになった愛子は、しばらくすると落ち着きを取り戻した。愛子は、そのまま秀子の家に居候を決め込んでいるような性格ではなかった。働き場所を探さなくてはと思い立つと、早速職業安定所へ行き、看護婦の求人を探した。幸いなことに看護婦の募集件数は幾つかあり、その中に上高地線沿線の筑摩病院からのものもあった。通勤の都合を考えてそこへ就職することを決めた。

筑摩病院では高齢で体調を崩し休職中の院長に代わり、副院長が院長代理を務めていた。副院長の菊中肇《きくなかはじめ》は広島の出身で、大阪の国立医科大学でハンセン病、免疫学、漢方医学などに関心を持って学び、一九二二年（大正十一）、二十五歳で卒業した。卒業と同時に香川県のハンセン病療養所大島緑松園に勤務し、その後園長を務めていた。政府のハンセン病患者の強制隔離政策には専門家の立場から反対意見を公表してもいた。生家は広島の街中の老舗《しにせ》旅館であったが、家業の都合もあり家族は広島に暮らしていた。

一九四五（昭和二十）年八月六日、家族はそろって和気あいあい、いつもと変わらぬ朝食をとっていた。八時十五分、眼を突き刺すような閃光が辺り一面を包んだ。その閃光は、家族を家もろとも一瞬にしてかき消した。人類史初の原爆が広島を一瞬にして地獄に化した。菊中肇は家族を一瞬にして失い一人だけ生き残り、原爆と戦争の非道さに打ちひしがれ傷心の日々を送っていた。そんな後輩を見ていてくれたのが、松本の国立病院で院長を務めていた先輩であった。院長職も執行できる医師を探していた筑摩病院へ来ることを熱心に勧誘され、その誘いを受けて筑摩病院へ赴任していたのである。

愛子は菊中副院長に自己紹介もかねて新任の挨拶をした。第一印象でどこかにあのハルピンの〝赤ひげ〟ドクターの面影を感じ、「ああ、この人となら仲良く協同できる」と直感した。その夜、院内の職員食堂でささやかな歓迎会が開かれ、参加者はそれぞれ自己紹介をした。

菊中副院長が家族全員を原爆の犠牲者として失った話は愛子に強烈な印象として残った。「戦争は殺し合いである。殺し合いに勝った者が正義であり、戦争の勝利者なのだ」というハルピン陸軍病院での権田大尉の言葉が思い出された。アメリカは最後に原子爆弾という前代未聞の一度に何十万もの人間を殺傷できる非人道の最たる兵器を使い、ついに殺し合いの勝利者となった。

大尉の言葉を借りれば日本は殺し合いに負けて敗戦国になり、アメリカは殺し合いに勝って戦勝国になった。しかし、武力による侵略という点では戦勝国もまったく同じである。にもかかわらず、勝利した連合国が行った「戦争裁判」では戦勝国は正義であり、敗戦国の日本は不正義であるとされた。まさに「勝てば官軍、負ければ賊軍」である。

人類史に初めて現れた原子爆弾の効果をアメリカは日本人に対してギリギリのリミットで使用し、悪魔の兵器の名に相応しい効果を確認した。これは七三一部隊の非道な〝まるた〟の「生体実験」となんら変わりがない。この最も非人道的戦争犯罪以外の何物でもない原爆投下が、犯罪として裁かれるどころか、多くの命を救った「正義」の爆弾として称賛されている。

愛子にはどうみても道理に合わないと思われた。しかし、戦争に勝ったアメリカは、これからも「原爆」は「正義の兵器」だと主張することだろう。それは、アメリカという国が人間性を失った国であり続けることになる。

こう考えた時、愛子には日本は殺し合いに負けてよかったと思われた。殺し合いに勝った者はそれを正義と信ずることができるので、いつまでも殺し合いを続けるに違いない。勝っても負けても殺し合いは非人道的なことである。しかし、日本は負けたことでこの非人道的な国家的集団殺人行為に終止符を打つことができた。それは救いだ。戦争に負けたことで膨大な犠牲を払った日本という国は、人間の心を甦らせることが出来たのだ。負けてよかった！　満州で戦争のいくつもの修羅場を見てきた愛子には素直にそう思えるのだった。

愛子は、菊中副院長と親密に話し合うことが多くなった。病院の医療状況は深刻だった。医療品や薬品が圧倒的に不足していたので、菊中副院長は、その調達に奔走していた。パラチフスや赤痢が流行っていた。毎日の生活もままならない負傷者や罹病した引揚者も大勢やってきた。当然、個々の患者の治療が話題になった。ハルピンの木村ドクターの精力的に医療を進める頼もしい姿が思い出された。

「どんな人間も等しく医療を受ける権利を持っている。どんな困難なケースであってもそれにこたえなければ医者失格、いや人間失格になってしまう」というあの言葉がいつも耳の奥で聞こえていた。

菊中医師から緑松園のハンセン病患者への国家権力の不当な扱いについて話があった。それは怨嗟《えんさ》の響きを帯びていた。愛子はハルピン陸軍病院の傷病兵たちの救いようのない悲惨な最期を数えきれないほど看取ったことを話した。こうして二人は誰にも吐露できない胸の痞《つか》えをお互いにさらけ出すことで信頼感が強くなっていった。

話はしばしばいつのまにか戦争責任がテーマになった。格別熱い話題となったのは「現人神《あらひとがみ》」であった天皇の〝人間宣言〟であった。

終戦の年が明けた一九四六年一月一日、宮内庁から「新日本建設に関する詔書」(通称「人間宣言」)が公表された。一九四六年元旦の新聞は、こぞってこの記事をトップ記事として大々的に掲載していた。愛子はむさぼるようにそれを読んだ。それにはまず、明治天皇の「五ヶ条の御誓文」がそのまま掲げられ、天皇が独裁的な存在ではなかったことをアピールしていた。続いて敗戦という困難なときを国民がみなこころを一つにしてともに新しい日本の国づくりに努めようという、国民への年頭挨拶となっていた。その中で特に愛子の注意を引いたのは次の文であった。

「朕《ちん》ト爾等《なんじら》国民トノ間ノ紐帯《ちゅうたい》ハ、終始相互ノ信頼ト敬愛トニ依リテ結バレ、単ナル神話ト伝説トニ依リテ生ゼルモノニ非ズ。天皇ヲ以テ現御神《あきつみかみ》トシ、且日本国民ヲ以テ他ノ民族ニ優越セル民族ニシテ、延《のべ》テ世界ヲ支配スベキ運命ヲ有ストノ架空ナル観念ニ基クモノニモ非ズ」

表題には「新日本」という言葉が使われているが、「詔勅《しょうちょく》」であるので依然として「朕《ちん》」を始めほぼこれまでと大差ない厳めしい〝天皇ことば〟で書かれていた。ただ、従来は「爾等臣民」となっていたものが「爾等国民」と変わり、天皇の口から初めて「国民」という言葉が発せられている点が注目された。

特に重要な点は、天皇と国民を結び付けていたのは、信頼と敬愛であって、「神話や伝説」に基づき人間の姿をした神様であるとしたり、日本人は純潔な単一の大和民族なのでほかの民族に優越しているといった考えは間違いであった、という件《くだり》である。なぜわざわざこんなことを断る必要があるのか。それは、これまで『古事記』や『日本書紀』の神話伝説を歴史的事実とし「天皇」イコール「神」という固定観念で国民を洗脳してきたことが偽りであり、国民を騙していたことを認めざるを得なくなったからであろう。さらに、愛子を呆れさせたのは、「朕ト爾等国民トノ紐帯ハ、終始相互ノ信頼ト敬愛トニ依リテ結バレ……」という部分であった。

信頼とか敬愛などというものはお互いに親しく理解し合える間柄でなければ絶対に生まれないものである。「朕」と「爾等」という関係では決して生まれるはずもないのだ。もし表面的に天皇陛下と国民が信頼と敬愛で結ばれていたように見えたとすれば、それはあの暴虐無比の天皇制を護持するための暴力装置がつくりだした虚像に他ならなかったのではないのか。ところが、そんなことは全くなかったかのように相も変わらず国民には理解困難な〝天皇ことば〟を使いながら、白々しく「信頼と敬愛」などという言葉を使っている。この期《ご》に及んでもまだ国民を騙そうとしている。どういう神経をしているのか！　考えれば考えるほど愛子は腹の虫がおさまらなかった。

一夜にして豹変《ひょうへん》したような「おことば」を読んで愛子は、かつて、餓鬼《がき》大将の三郎が母親に「天皇は神様なのか？」ときいて、すさまじい剣幕《けんまく》で叱られたという話を思い出した。まともに考えればこども騙《だま》しにもならないようなご粗末な嘘であったことが、途方もない回り道をしてようやく暴露《ばくろ》されたことに思わず快哉《かいさい》の叫びをあげそうになった。

愛子には「何をいまさら」という気がした。「天皇」は「大元帥」という唯一無二の称号を持つ大日本帝国陸海軍を統括する最高責任者であった。戦争責任が最も重い立場にいたはずである。にもかかわらず「大元帥」の戦争責任は全く不問に付されていた。このことが菊中医師と話をすると吹き出したのである。

ハルピンの病院では毎日おびただしい数の〝醜《しこ》の御楯《みたて》〟となった「忠君愛国者」たちが、最後に母親を呼び、愛する女《ひと》の名を叫んで命を引き取るのを見届けてきた。死ぬ間際に「天皇陛下万歳」などと言って死んでいった兵など一人も見たことはなかった。かれらはいったい〝現人神〟のこの「人間宣言」をどう受け止めるだろう。まるで他人事のようなこんな宣言では彼らはとうてい浮かばれない。「現人神」に成りすまして無数の忠良なる臣民の命を投げ出させたことが、これまでと少しも変わらない〝天皇ことば〟の〝詔勅〟で償えるとでもいうのだろうか？　愛子は自分がこういうことを許してきたのだと思うと後悔に責め苛《さいな》まれずにはいられなかった。このような整理のつかない心のもやもやを菊中医師には素直に打ち明けることができた。

「わたくしはどうしたらよいのでしょう？　何ができるのでしょう」と助けを求めるように菊中に尋ねた。菊中は黙って聞いていた。そして、

「うん、そうだね。過ぎてしまったことはどうすることもできない。だから、これから先二度とこのような辛い思いをしなくてもよいようにするしかないだろうね」といった。

膨大な犠牲の果てに生まれた遺産の具体的な形としての新憲法の〈第九条〉は、まさにかけがえのない、決して手放してはならない大切な〝遺産〟との確信がますます強くなった。この〝遺産〟を、何時の日か地球上から「戦争」という名の人間同士の殺し合いが無くなるときまでなにがあろうと守り通さねばならない。そして、人類史上初のアメリカの原爆使用が〝正義〟の仮装を剥ぎ取られ、人類史最大の戦争犯罪として裁かれる日が必ず来なければならない。広島、長崎への原爆投下は、反人道的犯罪として裁かれ、それが世界に認知されない限り、核兵器を地球上から廃絶することはできないだろうと思われた。

筑摩病院に就職し愛子は甦《よみがえ》った。

「どんな状況にあっても目の前に患者がいるのに見て見ぬふりはできない。そんなことをすれば医師失格となる。いやその前に人間失格となってしまう」というハルピンの〝赤ひげ〟木村吾郎ドクターの言葉が繰り返し愛子の脳裏に去来した。

筑摩病院の勤務は休む間もなくあわただしかったが、ふっと我に返るときには決まって修吾と修一のことが思い出された。

「いま、どこで、どうしているだろう？」時々気になるうわさを聞いたり、小耳にはさんだ情報があれば落ち着いていられなかった。それらの真偽を確かめるために気が済むまで足を運んで探索した。毎年、修吾が召集されて霧に包まれて出征していった七月七日や、修一と奉天前駅広場で離れ離れになってしまった八月十九日が来ると、二人のことが頭から離れなかった。

修吾の写真に向かって「どうかご無事でいてくださいね。お帰りをお待ちしています。修ちゃんをわたくしの不注意から手放してしまいごめんなさい」と許しをこうた。

修一のお宮参りの写真に向かって「しゅうちゃん！　元気ですか？　学校へ行ってますか？楽しいですか？　一人にしてしまって本当にごめんなさい！」と話しかけ詫びるのがつねであった。

カレンダーが何回も新しく取りかえられた。愛子の脳裏から二人の面影は寸時も消えることはなかったが、新の郷を走る筑摩鉄道の島々《しましま》線は上高地線と名前を変えた。上高地への登山客が増えてきたのである。

一九六〇年、日米安全保障条約が締結されることになった。これは日本の自主独立を保障することは建前に過ぎず、実際はアメリカの占領状態を継続する内容であるとして青年学生層が反対運動に立ち上がった。反安保運動はたちまち全国的にひろがった。国会議事堂を囲む反安保のデモ隊は日毎に急速に膨らみ、激しさを増していった。

市民のさまざまなグループ、さまざまな職種の職場のグループが全国各地から続々と国会議事堂を取り巻いた。筑摩病院の職員組合でも日米安全保障条約について学習会が開かれ、組合委員長の菊中副院長が条約の概略について説明した。

「いま全国に二千を超える米軍基地がおかれています。此処を拠点として米軍は朝鮮戦争に出撃しました。日本列島がアメリカの覇権主義の最前線基地として利用されています。ご承知のようにこれまで内灘《うちなだ》や砂川などで反基地闘争が闘われてきました。しかし、残念ながら屈辱的な半占領状態は続いています。安保条約がこれを支えているからです。したがって、このような安保条約は廃棄し、自主独立国家に相応しい状態にしなければなりません。いま国会で成立が目論まれている新安保条約は、決してそれにふさわしいものではありません。新安保条約とはどんなものか？　曖昧《あいまい》のまま黙認してはならないでしょう」

菊中副院長はさらに新安保条約の内容を丁寧に解説した。

「私の知る範囲でこの危険な条約を説明します。全五条からなる短い条約です。問題なのは、まず、第三条です。これは『締約国は、個別的に及び相互に協力して、継続的かつ効果的な自助及び相互援助により、武力攻撃に抵抗するそれぞれの能力を、憲法上の規定に従うことを条件として、維持し発展させる』と規定しています。表面的には特に問題がないように見えます。しかし、『継続的かつ効果的な自助及び相互援助により』とあります。これが曲者《くせもの》です。これは、日本が自衛力を、つまり軍事力を増強して米国の戦争に協力するということを意味します。このこと自体すでに憲法第九条に違反することです。第五条は、『日本国の施政の下にある領域における、いずれか一方に対する武力攻撃に対して自国の憲法上の規定及び手続きに従って共通の危険に対処するように行動する』と規定されています。これについて政府は『米国の対日防衛義務をさだめており、安保条約の中核的な規定である』と説明しています。みなさんどうお考えですか？」

菊中副院長は参加者にそう聞いてから、また説明を続けた。

「政府のいうような米軍の対日防衛を義務と解釈できる文言は何処にもありません。わが政府の勝手読《かってよ》みに過ぎません。逆に米国が武力攻撃を受けた場合、日本は米軍と共同してアメリカを守るために戦争しなければならないという定めです。これはとんでもないことです」

組合員の真剣な質疑応答が続き、当組合としては新安保条約に反対するのか、賛成するのかが採決された。愛子は採決の前に発言を求めた。

「私の戦争体験を踏まえて言いますと、いけないと思うことははっきりとノーと態度で表明しなければならないということです。おかしいな、怪しいなと思いながら何ものを言わずに時の流れに任せていると、気がついたときには取り返しのつかない恐ろしい事態になってしまうのです。新安保条約を結べば、アメリカと共同して戦わざるを得ないという可能性は十分あります。紛争は、武力を行使せず、話し合いで平和的に解決するというのが『憲法第九条』です。これに反して、再び戦争への道へつながると懸念されるようなことはどんなことがあっても容認してはならないのです。ですから新安保条約には絶対反対です」

採決の結果、参加者全員一致で新安保条約に反対し、全国の反安保闘争と連帯して闘うことが決まり、勤務時間を調整し救護班を結成して参加することになった。満州での体験が愛子に不屈の反戦の精神を形成していた。

アメリカとの安全保障条約は、戦力不保持、武力放棄を掲げた新憲法に明らかに違反している。戦争をする国への危険な動きを感じた愛子は、いま傍観者でいることは人間失格に直結すると確信した。院内の若い医師や看護婦たちを説得して一緒に反安保運動の戦列に加わり、救護班を率いて国会議事堂前へ出かけた。国会周辺は完全装備の機動隊と素手で隊列を組んで幾重にもつながるデモ隊が激しく揉み合っていた。

議事堂の正面入り口を突破しようと押し込んだデモ隊に突然機動隊が襲い掛かった。警棒が一斉にデモ隊に振り下ろされた。それが愛子には、素手で抵抗する中国人の〝暴徒〟に加えられた関東軍の残虐行為と重なって見えた。たちまち赤い血しぶきがあがり、悲鳴と絶叫が飛び交う修羅場《しゅらば》と化した。ばたばたとデモ隊が倒れた。その上を容赦《ようしゃ》なく機動隊の群れが踏み越えて後に続くデモ隊めがけて襲い掛かった。デモの隊列は崩され、倒れた負傷者を引きずりながら迫りくる警棒の攻撃を避けて後退を余儀なくされた。天幕とシートで囲われた臨時に設置された仮救護所は野戦病院のようであった。筑摩病院の救護班も愛子の指揮の下てきぱきと救護活動に休む間もなかった。

日米安全保障条約は五月二十日午後〇時五分、野党議員総退場の異常事態の中、衆議院で可決された。六月十九日、参議院での承認のないまま自然成立となった。二十三日、岸首相は退陣したが、あれだけ大きな反対の国民の声は聞きいれられることはなかった。

安保を推進した陣営は、「安全保障条約の成立によって軍事力を持たない日本国を世界ナンバーワンのアメリカが守ってくれるのだ。日本にとってこんな安全はないし、国民にとってはこんな安心はない」と主張した。

しかし、安保に反対した陣営は、「これで日本はアメリカに隷属することになり、自主独立の国ではなくなる。アメリカは日本を守るというが、じつのところは日本列島をアジアの自国防衛のための不沈空母とすることに成功したのだ。これからは日本独自の外交は不可能となる。アメリカの敵は即、日本の敵とせねばならなくなり、再び戦争をする国になってしまうのだ」と反論し、安保条約廃棄まで反対運動の継続を表明した。

首都医科大学の学生自治会も反安保運動に積極的に参加していた。

その中に滋賀県出身の一年生須山秀一がいた。彼のクラスメート石山悟は、紀伊半島の漁師町紀伊長島の出身である。潮騒《しおさい》を子守唄として育った海の子であったが、中学二年生の夏、安曇の白馬村出身の担任に連れられて上高地から西穂高岳に登った。頂上での雲海と御来光の荘厳なまでの景観に撃たれ、それ以後毎年夏休みには担任に伴われて北アルプスの峰々に登るのが慣例となった。

首都大学に入学し、その山岳部に入り、そこで秀一と知り合うことになった。たちまち意気投合した二人は、山行は必ず一緒であった。石山に誘われて秀一も反安保運動に参加した。秀一にとってこのような政治的な運動は生まれて初めての体験であった。最初は一定の距離を置いていたが、国会議事堂を取り巻く学生デモ隊の隊列に加わり、多くの学生たちと話を重ねるうちに新しい意識が醸成された。須山秀一は、安保をテーマに多くの学友や街の人々と議論を重ねるうちに、一端《いっぱし》の学生活動家になっていた。

ところが、そういう反戦平和を希求する純粋な学生たちに大きな後遺症を残して、反安保の運動は無惨に挫折したのであった。戦後、アメリカ生まれの民主主義が移植され社会の規範となったはずである。しかし、これだけ大きな国民の反対の声を排除する政治は果たして民主主義なのか。若い秀一の思考は自然の成り行きとして、いつのまにか保守政党が掌握する権力に反発する方向に形成されていった。

反安保運動の挫折は、多くの運動参加者に深い虚脱感を与えずにはいなかった。秀一も心身の調子が回復しなければ何も手につかない状態であった。山男にとって回復に一番効き目のあるのは岳《やま》に登ることであった。清涼な岳の風はこのもやもやと心を覆う雲を晴らしてくれるに違いない。そう思うと、居ても立ってもいられなかった。岳友石山悟を呼び出した。

「お前はその後どうなんだ？　俺は滅入っちまってやり切れんのだ」

「俺だって同じだよ。アメリカに負けて、占領されて、やっと自主独立の国になるのかと思ったら、地位協定を承認して、結局占領状態が続くんだよなあ。これじゃあ、日本が主権国家だなどと主張できない。保守政権はこれからどうするつもりなんだろうねえ」

「いずれ、そのうちにアメリカ合衆国〝日本州〟としてアメリカの安全を守るために自衛隊が盾となって戦争するなんてことになるんじゃないのか。まったくやりきれんなあ」

「俺のおやじは満州で電力会社の技師をしていたらしいんだ。ソ連軍が攻め込んできて危ないところを瀬戸際で生きて帰れたらしい。逃げ帰る途中、奉天駅の広場でソ連機の機銃掃射の攻撃を受けたそうだ。修羅場のような中で一人で泣き叫んでいた俺を保護して連れ帰ったということだ。だから俺は引き上げ孤児って訳だ。実のおやじやおふくろがどうなったのか、生きているのか死んでいるのかまったく分からないままだ。おやじが口癖のように言っているのは、『戦争は殺し合いだ。どんな大義名分もない。戦争だけはやっちゃあいけない。〈憲法九条〉は、戦争で犠牲になった人たちが命に代えて残してくれた宝物だ』ってな。その通りだと思うなあ」

「ふーん、知らなかった。君にはそんな波乱万丈のドラマがあったのか。それはそうと君のおやじさんの言ってる事は正しいよ。『安保』と『九条』はまったく相入れないものだからねえ。『アンポハンターイ』はこれからも叫び続けねばならんなあ」

「今のままじゃ、まともに本を読むこともできん。イジイジしていても始まらん。どうだ、この夏休みは一番に穂高参りをしようじゃないか」

「そうだなあ。穂高ともすっかりご無沙汰しちまったからなあ。うん。お参り、いいねえ。行こう」

二人は顔を見合わせて思わず笑い出した。

「よし！　こうなったら善は急げだ」

秀一は鞄に入れてきた北アルプスの五万分の一の地図をとりだして広げた。

「ターゲットはやはり奥穂だよなあ」

「いぎなーし！」

「よし、じゃあ、どのルートにしようか」

「涸沢《からさわ》ヒュッテ、奥穂、西穂、なんてのはあまりに平凡だなあ。いつものコースを逆に歩くだけだなあ」

「そうだなあ。面白くねえなあ」

「じゃあ、こんなのはどうだ。上高地から徳沢、此処から横尾に行くのでなく、奥又白沢から屏風《びょうぶ》尾根を歩き、屏風のコルを巻いて涸沢というのは？　天気がよければ、ちょいと寄り道して屏風の首と屏風の頭にも挨拶して行こう。このコースなら比較的平坦だから一日でもそうきつくないだろう。涸沢ヒュッテ泊となるが、このところ身体が鈍っているから無理のない行程にした方が賢いと思うな」

「うん、面白いと思うよ」

「二日目は南稜をつめて北穂に登り、戻ってドーム、涸沢のコル、涸沢槍、涸沢岳と辿り、穂高岳山荘泊り。ちょっと物足りないかもしれないが柔《やわ》になっている足腰をいたわってやりたいと思うんだが、どうだろう……」

「そうだな。今回は二人だけの急がぬ旅だ。異議なしだな」

「三日目は奥穂高に登頂後、愛しのジャンダルムだ。なんだかワクワクしてきたよ。血が騒ぐなあ」

「ああ、思い出したよ。奥穂の〝憲兵《けんぺい》〟さんに初めて直《じか》に向かい合った時はさすがに緊張したなあ」

「たしかに二人ともビビっていたよなあ」

「そこでだ。ジャンダルムを下りて西穂へ行くのがお定まりのコースだがちょっとアクセントをつけようじゃないか。天狗のコルから、岳沢《だけさわ》へのエスケープコースを辿るなんてのはどうだい」

「そうだなあ、岳沢はまだ一度も歩いてないなあ。じゃ、岳沢ヒュッテから上高地に下りよう」

「いぎ、なーし！」

「は、は、はっ……これで決まりだ」

二人は童心に返っていた。

三日後には万全の装備に身を固めた二人は、新宿の松本行き夜行列車のホームに居た。

真夜中に発車した登山客でいっぱいの列車は、早朝松本駅に着いた。朝日が昇るころ上高地線のホームは登山客で溢れていた。上高地線は増結され、さらに臨時電車が編成された。二人は久しぶりのアルプスのまだ残雪を残す峰々がモルゲンロートに輝く姿を眺めて心を躍らせていた。島々《しましま》からバスで上高地へつくころはもう昼飯時になっていたのでお決まりの五千尺荘でカレーライスを食べた。涸沢ヒュッテ目指して登り日が暮れるころヒュッテについた。

翌朝四時半にヒュッテを出発した。北穂高の頂上でなくとも、南峰で御来光を見ようと、かなりピッチを上げて歩いたので南稜テラスで御来光を見ることができた。一面の雲海の彼方から太陽が昇った。いつ眺めても感動に身体がすくむのを覚える。七時半ころには北穂高岳の頂上に立った。涸沢のコルまで下り、涸沢岳を経て十時には奥穂高山荘に着いた。ゆっくり休憩をとり、足取りも軽く穂高岳の頂上を目指した。頂上で三六〇度の壮大な眺望を新鮮な気分で楽しんで、しばし休息してから奥穂を下った。

二人は奥穂高岳からジャンダルムの油断できない柱状節理《ちゅうじょうせつり》の岩場の細尾根を慎重に歩いた。

そこを無事乗り越え、西穂高岳と奥穂高岳のあいだの天狗のコルにはほぼ十二時に着いた。ここから、西穂高岳へのコースから分かれて、岳沢へのエスケープルートとして使われる天狗沢を岳沢小屋へ向かって下山を始めた。あとは上高地まで下るだけだ。思いのほか足取りも軽かった。西穂への登山道からそれて天狗のコルを岳沢へ下り始めた。

梅雨明けの夏のシーズンがはじまったばかりのガレ場は落石と浮石の危険が高い。しかも落石は雪渓をすごいスピードで音もなく飛んでくる。秀一が先を歩き石山が後ろを歩いた。数百メートル下った時であった。秀一が「アッ！」と叫び声を上げると同時に足を踏み外し、大きな弧を描いて下へ転がり落ちた。幸いガレ場で斜面も緩やかなところであったので十メートルほど滑落《かつらく》して止まった。

「オイ！　大丈夫か!?」石山が血相変えて飛び降りてきた。秀一の意識ははっきりしていたが、肩と右足に激痛を感じうめき声を上げた。落石はヘルメットを掠《かす》め肩を直撃したらしかった。その衝撃で浮石《うきいし》に足をかけたらしく態勢を立て直す間もなく滑落したのだ。出血は認められなかったが、身体を少し動かしただけで身体全体に激痛が走った。肩の骨と右足首を骨折しているようだ。一人では身動きできない負傷者を搬送することは不可能である。落石の巣のようなこの場所を離れなくてはと焦った。少し下れば這い松に蔽われた場所もあるが、そこまでへの移動が出来そうもなかった。仕方なく秀一をシュラフに横にさせて頭の上部にザックで落石除けをつくり、救助を求めに岳沢ヒュッテに走り下った。

あいにく風雨が強まり出していた。石山の連絡を受けて岳沢ヒュッテの遭難対策協と長野県警察山岳遭難救助隊の二人が救出に向かった。石山は松本消防署へ救急車を上高地へ出動することも電話で連絡して、休む間もなく取って返した。

救助隊員が到着し応急手当をした。包帯を幾重にも巻きその上を固くテーピングして肩と右足首の骨折部分を固定した。秀一は救助隊にかわるがわる背負われて岳沢ヒュッテへ運ばれた。雪渓を通過し浮石の多いガラ場を抜けるのは困難を極めたが、ようやく登山道へ出た。岳沢ヒュッテには連絡を受けた上高地からの救助隊が待機していた。そこからはストレッチャーで四人の男たちが搬送した。上高地には赤いランプを点滅させた救急車が待っていた。こうして、重傷を負った秀一は、筑摩病院救急救命センターへ搬入された。

筑摩病院の婦長の愛子はその日の勤務を終えていた。ところが退出直前に救急センターから穂高で遭難した重傷者が救急車で搬送されてくるのでしばらく待機し、手術になれば力を貸してほしいと要請された。一時間ほど経ってけたたましいサイレンの音を振りまいて救急車が到着した。重傷患者は手早く救急治療室に移されたが、急遽呼集された外科担当医はまだ到着していなかった。

愛子は、てきぱきと指示を出し手術の準備を整えて外科医の到着を待っていた。待つ間も救急治療を施すため着衣を剥ぎ取り傷害の状況を観察した。その時、愛子は担ぎ込まれた大学生の左脚太ももの痣《あざ》に目敏《めざと》く気がついた。息子修一の左大腿部《だいたいぶ》には生まれた時から薄紫色の四葉のクローバーの形をした痣があった。愛子の脳裏にはそれはくっきりと刻み付けられ、片時も忘れたことはなかった。

「あっ！　四葉のクローバーだ！」

大きく開かれた瞳が、治療台の上の患者の顔を凝視した。

「ああ！　修ちゃんだ！　間違いない！」

幼い修一の顔と目の前の遭難学生の顔が重なった。四葉のクローバーが紛れもなく生き別れた修一であることを証明している。思わずしっかりと抱きしめたい衝動にかられたが、必死の思いでこらえ、応急処置に力を注いだ。

「さあ！　しゅうちゃんを渡したよ。あとは頼んだよ」

あのくりくりした瞳に笑みを浮かべながらそう言っている修吾の姿が愛子にははっきり見えた。

「ああ、あなたが修ちゃんを守ってここへ連れ戻してくださったのね。うれしい！　ほんとうにありがとう！……」

外科担当医が駆け付け直ちに本格的な治療を始めた。処置が一段落したところで愛子は直ちに須山秀一の家へ電話を入れた。電話には父親が出た。愛子は自分が松本の筑摩病院の看護婦長大山愛子であることを自己紹介し、

「須山秀一さんはお宅のご家族でしょうか？」と尋ねた。

「はい、秀一は息子ですが……何か?……」

愛子は秀一の父親であることを確認したうえで、

「実は、ご子息の秀一さんが穂高で遭難し、いま筑摩病院の救急センターに入院し加療中です」

と伝えた。

「えーっ!」電話の向こうで絶句している父親の姿が想像できた。

「ああ、でもご安心ください。息子さんは意識もはっきりしており、命には別条はありません」

と急いで付け加えた。

遭難の報を受けた両親は翌日、滋賀の水口から駆けつけた。病院に直行し病室を訪ねると、ほとんど全身包帯やガーゼで包まれた痛々しい姿の秀一がベッドに横たわっていた。

「あー、よかった! 命が助かってほっとしたよ」

「電車の中であれやこれやいろいろ想像して心配したけど、元気そうな顔を見て安心したわ」

両親は安堵の表情をして顔を見合わせた。

「心配かけてごめんなさい」秀一はそういうのが精いっぱいであった。

「秀一が遭難するなんて青天の霹靂《へきれき》だよ。大事に至らなくて不幸中の幸いだ。気に病むようなことは何もないんだからゆっくり養生するんだな」

父親がいたわるようにそう言ったところへ愛子が入って来た。

「電話いたしました婦長の大山愛子です。息子さんとのお話がいろいろあると思いますが、昨夜処置してくださった先生がお話があるそうですからとりあえずこちらへ。また後でゆっくりお話ししてくださいね」

秀一にそう言葉をかけて秀一の両親をカウンセリング室へ案内した。そこには昨夜の担当医が待っていて詳しい説明があった。

「全身の外傷はしばらく時間がかかりますが治癒します。後遺症が懸念されるような重傷はないので、右足の骨折部が安定すれば退院になります」

という告知を聞いて両親は安心した。両親がしばらく近くのホテルに滞在することになったと聞いて愛子は、

「ぜひお話ししたいことがありますのでお疲れでしょうが、今日の夕食をご一緒させていただけないでしょうか」と申し出た。

その夜、近くの渚ホテルのレストランで愛子は須山夫妻とディナーをともにした。ロビーに席を移し、コーヒーをすすりながら愛子は切り出した。

「わたくしは一九四五年まで満州にいました。ハルピン陸軍病院に看護婦として勤務していました」

それを聞いて須山夫妻の顔色が変わった。

「えーっ、わたくしたちも満州にいました。長春の昭和電力で軍属の技師として働いていました。そうでしたか。ハルピン陸軍病院ですか……ご帰国になったのは何時ですか？　わたくし

たちは幸いにも会社の援助で終戦の年の八月中に帰ってくることができました」

「実は私も八月十九日に帰国のため奉天駅で列車に乗る予定で駅前広場にいました」

「えーっ！　八月十九日ですって？　わたくしたちもその日そこにいましたよ」

愛子はそれを聞いてすぐにすべてを理解した。この夫婦が秀一を保護して日本へ連れ帰ってくれたことがはっきりと分かった。愛子と須山夫妻は、あの運命の奉天駅前広場の凄惨な状景を思い出していた。

「ソ連機の機銃掃射……あれは地獄でしたねえ。もう駄目かと観念しましたが、私たちのいた場所はコースから外れていて助かりました」須山が顔をしかめて言った。

「わたくしの周りは大変でした。飛行機が去ったので見ると、周りは血の海でした。すぐ目の前に銃創を受けて血まみれの女の子がいました。咄嗟に応急手当をしているほんのちょっとした間です。一緒にいた息子が見えなくなってしまったのです」

「そうか！　いまのお話を聞いてはっきりしました。わたくしたちの前で泣き叫んでいたのはあなたの息子さんだったんですね」

と言う賢治に続いて、「じゃあ、あなたが秀一のお母さまなんですね」と、恵子が念を押すように言った。

「はい、これが、ハルピンを去るときのものです」

と言って写真を取り出した。お守りのように大事に身に着けて離さなかった結婚式の際の修吾と二人だけの写真、修一の一歳のときのお宮参りの洋服を着て帽子をかぶったポートレイト、それに親子三人の写真だった。愛子はそれを須山夫妻に見せながら、

「これが夫の大山修吾で、これが私、そしてこれが一歳のお宮参りの時の息子の修一です」と説明を加えた。

「ああ、なるほど……どこかお父さんの面影がありますねえ」

写真を手に取って眺めながら育ての父須山賢治が複雑な表情を浮かべた。わきから写真を覗いていた恵子が、

「そうですか……。あなたが秀一さんのお母さまなんですね。そうですか……」

といってあとは言葉が続かなかった。気持ちの整理をつけるのに懸命のようすだった。しばらく間を置いて、

「よかったわねえ、秀一さん、本当のお母さまとお会いできて……」と自分に言い聞かせるように言った。

「この小さな修ちゃんをこんなに大きく育ててくださって、感謝の言葉もありません」

愛子は須山夫妻に心から礼を述べた。

「本当のお母さんが現れたのだからわたくしたちは秀一さんをお返ししなくちゃあいけませんねえ。明日さっそく修一さんにこのことを話しましょう」

「ありがとうございます。修一はどんな顔をするんでしょうか。ともかく、修ちゃんを一人に

してしまったことを詫びたいと思います。それができるだけでも幸せです。本当に夢のようです。奇跡というほかありません。本当にありがとうございました」

翌日、賢治から修一に前の夜の話が丁寧に伝えられた。

「で、じつは……ここにいる大山婦長さん、こちらが君の本当のお母さんだということがはっきりしたんだ。僕たち夫婦もそれを了解し、それを君に伝えることにした」

という説明を聞いて、修一は、

「えっ⁉」と一瞬驚きを隠さなかった。

これまで折に触れて両親から話を聞いて、あれこれ頭の中に描いてきた実の母親がいま目の前にいる。

「夢ではないか？」と思った。ベッドに横たわったまま修一はあらためて自分の実の母親の顔を正面から眺めた。意志の強そうな頬、理性の漂う額、そして慈愛がひそやかな笑みとなってにじみ出ている大きな瞳、眺めているだけで心が癒される。

「ああ！　素敵な母さんだ」

愛子は修一の視線を真っすぐ受け止めながら言った。

「ご免ね！　離してしまって。長い間離れたままにしてしまって、本当にごめんね！」

修一に手を伸ばし、詫びる気持ちを精いっぱい込めてその手を両の手でしっかり包んだ。修一は母親の温かい手を感じ取った。

「で、父さんは？」

「ああそれが……、おとうさんは終戦間際に召集されソ満国境に出征したままです。いまも消息はわかりません」

「そうですか……」

といって後の言葉が出てこなかった。そうか。じゃ、独りぼっちだったのか……さびしかっただろうなと思った。

「母さん！　もう大丈夫。これからは僕がそばにいますよ」

愛子は思わず修一の頭を優しく包んだ。修一の優しさが嬉しかった。目頭が熱くなったが拭おうともしなかった。修一もつられて目を潤ませたまま愛子の手に包まれ、母親のぬくもりを感じていた。

須山夫妻も潤んだ目で顔を見合わせ「ああ、二人が出会えてよかった！」と大きな任務をやり遂げた気持ちになった。

長い間離れ離れになっていた母親と息子の奇跡ともいえる巡り会いに自分たちが関わったことに名状しがたい感動を抑えられなかった。

普段の婦長のほかに母親の愛情の力が加わった愛子の看護を受けて一週間が経った。逞しく発達した身体を持ち体力に満ち溢れた修一の快復はめざましかった。容態は日に日に改善され食欲も旺盛であった。こうして予想よりかなり早く退院することができた。

須山家との協議も円滑に進み、〝須山秀一〟は、〝大山修一〟として愛子の戸籍に復籍されることになった。実の母親との再会は修一の生活を一変させた。日常が活き活きし医師への道をわき目もふらず前進した。

首都医科大学を卒業する時、あちこちの先輩から就職の誘いを受けたが、母親が勤める筑摩病院へ就職することを選んだ。大好きな山登りに好都合であったということもないわけではなかったが、それ以上にこれまでの長い間の母親との空白の時間を埋め合わせたいという気持ちがそうさせたのである。

第九章　修一の結婚　真知子の誕生

筑摩病院で同僚として修一と一緒に医療活動ができることは愛子には夢のようであった。床の間の修吾の写真に向かって、

「あなた、修ちゃんが立派なお医者さんになって、私と同じ病院で働くの。これもあなたのお導きね。夢のようです。ありがとうございます」と手を合わせた。

愛子は、筑摩病院の婦長としてすでにかなり長い間務めている。看護婦の最年長者であり、病院の中でもみんなに信頼されるベテランとなっていた。ハルピンでの木村ドクターからの感化が大いに役立っていた。医療には年齢も性別も、貧富も身分も関係はなく、誰でも等しく治療を受けられなければならない、という持論を決して忘れることなく、後輩の看護婦たちに口癖のように伝えてきた。

病院に近い一戸建の二階住宅を借り、愛子は修一と暮らすことにした。夕食の食卓を囲んで二人は病院での出来事や患者のことなどについて話すことが多かった。具体的な個々の問題がいつの間にか社会的な一般的な政治や経済のテーマにかかわり熱い意見を交わしていること

もあった。そんな時、愛子の話は戦争責任の問題に繰り返し回帰した。国民が一様に国家的催眠術《さいみんじゅつ》にかけられてしまったことがいつまでも気にかかる未解決の問題だったからだ。

確かに主たる戦争指導者は、極東国際軍事裁判（東京裁判）で戦勝国の主導によって戦争犯罪人として裁かれた。しかし、戦争遂行の精神的支柱となった「皇国」の主体である天皇は裁判を免れた。さらに、軍事行動の直接当事者である軍をそそのかし利用した黒幕である財閥《ざいばつ》はほとんど免罪《めんざい》されて悠々《ゆうゆう》生き延びた。いまでは戦争のことなど我関《われかん》せずの態《てい》で権力掌握《しょうあく》に再び成功して、我が世の春を謳歌《おうか》しているのだ。

もうひとつ、忘れてならないことがある。自ら得々《とくとく》として「臣民」となり、「愛国者」となって戦争推進者に追随《ついずい》し、時には協同した国民は、誰もが「戦争犯罪共犯者」であるはずだ。それなのに、みな素知らぬ顔をし、むしろ戦争犠牲者として善人の仮面を着けて平然と構えている。これは恥ずかしく醜悪《しゅうあく》なことではないのか。しかも皇室は国民に愛される〝開かれた皇室〟として蘇《よみがえ》っている。これでいいのだろうか。こういう疑念はこれまでも容赦《ようしゃ》なくこれでもか、これでもかと繰り返し愛子を問い詰めてきた問題であった。

「今の政権は『九条』を変えることに執念を燃やしているけど、何とかそれを断念させなくちゃねえ」

「そうだね。戦争への兆しはどんな小さなことでも芽を出す前に摘み取らないと同じ誤りを繰り返すことになってしまうから」

「国家の暴力装置が一旦権力を握ると国民はもはや何の抵抗もできなくなるの。私はそれを嫌というほど思い知らされてきたわ。そうならないようにわたしたちは普段から心の目を曇らせないように磨きつづけていなくてはいけないんだわ」

「そうだね。院長の菊中先生も同じようなことを言っていたよ。政治を他人《ひと》任せにしないで、一人一人が責任をもたないと取り返しのつかない事態を招くことになるって」

愛子は、院長になっている菊中肇とともに平和運動や人権を守る運動などに積極的に参加した。連れ立って芝居や音楽のイベントに出かけることもあった。機会があれば、あちこち小旅行をすることもあった。女鳥羽川畔の喫茶店「かねも」でお気に入りのコーヒーを一緒に愉しむことも珍しくなかった。

修一は、多忙であったが、少し時間が取れると山に出かけた。ある日、明神岳《みょうじんだけ》に登り上高地へ下山し、夏の間だけ設けられる首都医科大学のベースキャンプに留まっていた。それに隣接して地元の城山《じょうやま》高等学校の山岳部がテントを張っていた。そこで修一はその高校の英語教師であり、山岳部の顧問であった赤羽千恵と出会った。千恵は明るい瞳を相手に真っすぐ向けて話のできる女性であった。気負いも衒《てら》いもない立ち居振る舞いすべてが自然体であった。それが相手に安らぎを与えた。

修一はそんな千恵にたちまち好意を寄せるようになった。自然の成り行きとして二人は山登りをテーマに話が弾んだ。その後、お互いに日常の多忙なスケジュールをやりくりして会った。

喫茶店「かねも」が二人のお気に入りのデートの場になった。クラシック音楽マニアのオーナーはお金に糸目をつけず最高級の音響機器を整備し高質なクラシック音楽を来客に提供して悦に入っていた。

修一は千恵と一緒に「かねも」のマスター自慢のカネモブレンドのコーヒーを愉しみながら音質の良いブラームスに聞き入る。それがお決まりになって、テーブルをはさんで二人はそれぞれの職場での出来事を話題とすることが多かった。千恵は山岳部のほかに国際交流を進める「多文化共生の会」というクラブの顧問もやっていた。

松本にはバイオリンの鈴木メソッドの音楽学校、サイトウキネン国際音楽フェスティバルなどを通して、海外との交流に馴染みが深かった。松本の高等教育機関には多くの留学生も学んでいた。上高地や松本城をはじめとする観光目当ての海外からの観光客も増えていた。英語教育の実践の場としてこのような外国人との交流を進めるうちにこの「多文化共生の会」ができた。

修一は国際交流には強い関心を持っていたので話は自然に弾んだ。修一には医療は多文化共生を体現するものであった。千恵の企画する「多文化共生の会」のイベントにも喜んで参加した。こうして二人は意気投合し、親密の度を深めていった。

翌年の春、修一と千恵は結婚することになった。結婚を前に愛子と修一は、千恵もまじえてその後の生活について話し合った。

愛子は、結婚を機に修一と千恵の二人が独立した住居で生活することを勧めた。しかし、修一はこれから高齢期に入る母親に一人暮らしをさせることは耐えられなかった。すでにこのことについては千恵とも話し合い了解を得ていて三人が同じ住居で共同生活することを強く主張した。千恵もそうしましょうと賛意を促した。二人は、実はすでに新しい住居を探し、素敵な〝物件〟が見つかったので、一緒に見に行きましょうと提案した。

「へーえ、ずいぶん手回しがいいのね。わかりました。先のことまで気遣かっていただいてありがたいことです。『老いては子に従え』って言いますから、この際、素直にみなさんに従いましょうね」愛子は二人の気持ちが嬉しかった。

二人のいう〝物件〟は、上高地線の新村の南側に広がる芝沢地籍にあった。なんでもこの家を継ぐ者が途絶えて、今は空き家になっており、屋敷守を兼ねて定住してくれる人を求めているということであった。

愛子は二人に伴われて下見に出かけた。屋敷林に囲まれ見るから裕福な旧家の大きなお屋敷であった。屋敷に足を踏み入れた途端に愛子はまるで生まれた家に戻ったような心の安らぎを感じた。屋敷はどこかあの秦越家の屋敷の空気と似た雰囲気に包まれていた。建物の内部は大きな囲炉裏のある台所があり、大小さまざまな部屋があり、離れ座敷もついていた。三人が暮らすには広すぎるほどであった。愛子はためらうことなく、

「こんなお屋敷が空いているなんて奇跡ね。素敵だわ！　気に入りました」と言った。

間もなく修一と千恵は大勢の友人知人縁者に囲まれて晴れやかに人前結婚式をあげた。

芝沢のお屋敷で三人の共同生活が始まると愛子は、千恵に祖母のおみつから伝授された家事万端についてこまめに教えた。冬越し用の野沢菜、大根漬け、山菜、茸料理、川魚料理、それにそば打ち等々里山の伝統料理を千恵も夢中になって学んだ。

千恵が熱心に取り組んでいた国際交流や多文化交流運動の関係でこの古民家のお屋敷は海外からの来客で季節を問わず賑やかであった。なにかにつけてパーティーが開かれた。そういう時には愛子は里山の伝統的な料理でおもてなしをした。かつて、祖母がハレの日、宴席で活き活きとした身のこなしを見せていた姿を想い出していた。愛子は間違いなく祖母の正真正銘の弟子である。千恵も自然の成り行きとしてみつお婆ちゃんの孫弟子の道を歩いていた。こうして、日本人の心の故郷、里山の伝統的な生活文化が祖母から孫へ、孫から子へと引き継がれた。

修一と千恵は、まもなく可愛い女の子を授かった。真知子と命名された。真知子は恵まれた家庭環境の中ですくすくと成長した。愛子は、幼稚園に通うようになった孫を見ていると「目に入れてもいたくないほどかわいい」といわれる感情を実感した。小学校の入学式には頼まれもしないのに付き添いを買って出た。かつて、奈良井川の土手道を若く美しい母、千代に手をひかれて心も体も弾ませて行った入学式の日を思い出していた。

毎年七夕まつりになると、屋敷内の竹林から笹竹を切り出し、笹の葉に幼い孫娘と願いを書いた短冊を飾った。松花江の濃い霧の中で最後に見送った修吾の姿を思い浮かべながら愛子は

「修吾さん、無事のお帰りをお待ちしています」と毎年同じことを書いた。そして、孫娘に戦争に行ったまま帰ってこない祖父の話をした。そんな話を聞いて、

「おじいちゃん早くかえってくるといいね」と孫娘は愛子の顔を覗きながら言った。

そんな優しい心根の孫娘を見て、この子が自分の身に起きたと同じように愛する者同士が、生木《なまき》を裂《さ》かれるような目に遭《あ》ったり命が失われる恐怖に脅《おびや》かされることのない日々を送ってほしいと思わずにはいられなかった。そのために機会があるたびに愛子は自身の体験に基づいて戦争の話をした。人間失格を強要する者に対してははっきりノーといえる人間になってもらいたい。真知子はその話を瞬きもせずに聴《き》いていた。

真知子は、両親と一緒に夏休みはもちろんのこと、機会があるたびに北アルプスの峰々に登った。また、母親千恵の国際交流の関係者や外国からの観光客などさまざまな国や地域からの来客が多く、彼らとの出会いを喜び彼らと会話をするのが楽しかった。こうしてひとりでに真知子は、母親の感化で文化の多様性へ畏敬《いけい》の念を持ち、国際交流に強く関心を持つようになった。

第十章　筑摩大学「武器よさらば！」

毎日を目まぐるしく過ごしているうちに愛子はいつしか六十五歳となっていた。一九八五年、筑摩病院での定年退職の年である。愛子は、小学校を卒業したあと、秦越家没落、一家離散によって薬問屋越中屋の住みこみ奉公をし、看護婦養成所で看護婦の資格をとるという教育しか受けていなかった。中等学校や高等学校の学歴はなく、これまで学問への渇望《かつぼう》が消えることはなかった。医療活動の現役をしりぞいたら思いのままにこの渇望を満たしたい。定年を迎えるや直ちに上高地線の沿線にある筑摩大学の社会人教育の制度を使ってこれまで遠い存在であった〝象牙の塔〟で学ぶ決意をした。

筑摩大学では、文部省が進めた『大学設置基準』の大綱化の中で大学入学資格は、「高等学校卒業程度の学力を有する者」とする他に、「学長が修学可能な学力を有すると認めた者」ということになっている。

五十鈴《いすず》寛之《ひろゆき》学長は、愛子と面接し入学願書の学歴、職歴欄に目を通しながら二、三質問し、愛子の返答を静かに聞いていた。そして、にっこり笑みを浮かべて、

「はい、わかりました。あなたは本学で修学する学力が十分あるとわたくしは認定します」と言った。

「あ、ありがとうございます」愛子は忘れかけていた感動をかみしめながら言った。

「どうぞ存分に若い学生たちと学びを愉しんでください。期待しています」

学長が差し伸べた手を愛子はしっかり握り返した。入学を許された愛子は水を得た魚のように希望に胸を弾ませて大学へ通った。

愛子は文化人類学の研究者である中月市朗《なかづきいちろう》教授のゼミに所属し、指導をうけることになった。教授の授業のほかに希望する他の授業も聴講することができた。愛子は水に飢えた砂漠の砂のように知識をどん欲に吸収した。毎週火曜日十時からの中月教授の講義には一日も欠かさず出席した。愛子は筑摩大学で、孫のような若い学生たちの中に混じって過ごすことで生きる新たな活力を得て、生まれ変わった。そこにはこれまで体験したことのない全く新しい世界が開けていた。

「人類の発生と地球全域への拡散。元始女性は太陽であったということ。男性と女性。文化とは。多文化共生のこと。生命とは。人類はなぜ戦争をするのか。日本人とは。縄文人と弥生人とは。古事記・日本書紀について。天皇制について。日本語と日本文化について。分子生物学の成果と文化人類学。人類と地球の未来論」等々。

果てしなく広がる興味の尽きない講義に愛子は齢を忘れ夢中になった。未知の世界が途方もない広がりと深さをもって解明され、展開してゆくことに心を奪われた。三年間で厚い四冊のファイルがはちきれそうになるほどの講義録が残った。

筑摩大学の社会人教育は修学期間については特に定めがなかった。希望すれば何年でも修学を更新できる規定になっていた。愛子は年齢の差など忘れて学生たちと親しくつき合った。とくに地域貢献交流センターの学生たちとは親密になった。

筑摩大学は、創設時から「国立」でも「公立」でも「私立」でもなく「地域立」大学を標榜し「地域に根差し地域に貢献する」がキャッチフレーズであった。教育理念は「『幸せづくりの人』づくり」であった。社会に貢献するためになによりも幸せを創ることのできる人材養成である。伝統的ないかめしい権威主義的な〝最高学府〟の殻から脱皮した新しい時代を先取りしたユニークな大学として注目されていた。研究・教育両面でそれを大学挙げて実践していた。

それを象徴する具体的な一つの形が地域貢献交流センターである。このセクションは、大学と地域を結ぶきずなとなる「大学の臍《へそ》」という位置づけだった。大学の志を実践する頭脳であり手足である。学生はここに自由に出入りし溌剌と活動していた。地域との交流のさまざまな独創的な企画に取り組んでいた。

いつの間にか愛子の周りに学生の輪ができた。四年目になろうという時センター長の中月教授から地域貢献交流センターの教育サポーターとなることを勧《すす》められた。

筑摩大学の教育サポーター制度は、キャンパスの外に出て、地域社会の中でさまざまな現実的な問題を知り、解決策を探るアウトキャンパススタディとセットで設けられたユニークな制度である。会社や商店の経営者、自治体や公民館、図書館の職員、農園や果樹園の就業者、さらには大工職人、炭焼き職人等のほかに、そば打ちや渓流釣り、茸採りの達人、囲碁や将棋名人等々まことに多彩なメンバーが登録されていた。愛子には医療活動のベテランとして災害時の応急手当や救急治療、家庭介護など身近な看護について教育サポートをお願いしたいということであった。大学生活をさらに続けたいと望んでいた愛子には願ってもない誘いであったので喜んで引き受けた。

こうして愛子の筑摩大学とのかかわりは一層緊密になって継続されることになった。

二〇〇一年、孫の真知子は城山《じょうやま》高等学校を卒業した。進路については悩んだが、選択肢は二つだった。ひとつは、父や祖母のような医療の道に行くのか、もう一つは母のような教育の道へ行くのかであった。両親や祖母とも相談した結果、未来を担う子供たちと一緒に幸せな社会づくりに貢献できる教育に携わることに決めた。社会人入学制度を使って筑摩大学に在籍しながら地域貢献交流センターの教育サポーターになっていた祖母からは、毎日溌剌《はつらつ》とした大学生活の話を聞いていた。祖母と同じキャンパスでの生活が運命づけられているようにも感じた真知子は迷うことなく筑摩大学の教育学部に入学した。

真知子と愛子のそろっての大学生活が始まって暫らく経ったときである。地域貢献交流センターの「地域の人生の匠《たくみ》の知恵を学ぶ」という目玉企画の講師を愛子は要請された。満州での戦時中の医療活動を柱に人生体験を聞かせてほしいという学生の要請に応えてのことであった。センター長を兼任していた中月教授の勧めもあり、愛子は満州での戦争体験を柱にこれまでの人生経験について話をすることにした。

一九四〇（昭和十五）年三月従軍看護婦の募集に応じて、新村を出発し、ハルピンの陸軍病院に勤務し、一九四五年十二月引揚げ、新村に帰るまでの五年間の体験のすべてを思い起こすままに語った。平和な時代に生まれ育った学生たちにとってそれは非日常的な世界の物語そのものであり強烈な印象を与えずにはいなかった。六回に亘る体験談が一通り終わったところで愛子はどうしても学生たちに話しておきたいことがあった。それは滓《おり》のように愛子の心の底に沈殿したままの問題、「戦争はなぜ起きたのか？」「戦争を止めることが、どうしてできなかったのか？」という問題である。

愛子の話を熱心に聞いた戦争を知らない学生たちに愛子は尋ねた。

「みなさん、いかがでしたか？　わたくしの話をお聞きになってあるいはピンとこない点もたくさんあったのではないでしょうか。そこで、みなさんにこんな質問をして一人一人が考えをはっきりさせたいと思います。『戦争って何なのか？』『戦争はなぜ起こるのか？』『戦争を起こしたのは誰なのか？』『戦争を止めることはできないのか？』といった問題についてどうぞ自分はこう考えるという意見を聞かせてください」

問題を投げかけられて、最初の内はいささか戸惑い気味の学生たちであったが、やがて次第に率直に発言し始めた。

「自然には生き残るために生存競争がある。その原理である『弱肉強食』の人間社会での現象が戦争という形で現れるのであり、自然の掟《おきて》だとすれば人間の力でそれを阻止《そし》することはできないのではないか」

「いや、戦争は地震や台風のような天災とは違う。人間が作り出した人災だから、人間の力でなくすことができるはずだ」

「戦争は欲望を抑えることのできない人間の宿命的な産物であり、欲望を自己制御できない限り戦争はなくならないと思う」

「今の状況を放置すれば、早晩、人間は地球を破壊し自ら破滅するのではないだろうか」

「経済的営利をすべてに優先させる欲望の暴走を人間の知性の力で制御できれば、戦争を抑止できるのではないだろうか」

「戦争は人間同士の殺し合いである。破壊と不幸しか生み出さない。最悪の蛮行である。絶望的な事態になる前に戦争はしないという選択をするべきである。ホモサピエンス（知性のヒト）である私たちにはそれができないはずがない」

愛子は学生たちの思いがけない意見に勢いづけられさらに問いかけた。

「みなさんそれぞれに自分の意見をはっきり述べていてとてもいいですね。感心しました。いろんな意見があることが分かりましたが、そこで、みなさん一人一人は戦争をどう思いますか？」

とっさに一人が、「戦争は嫌です」と答えた。

「戦争は知りませんが、確かに殺し合いです。こわいです」

「戦争は残虐《ざんぎゃく》非道《ひどう》で人間のやることではない。いつまでもこんなことを続けているのは愚かとしか言いようがありません。人間として恥ずかしいことです」

「やめるべきです。いや、やめさせるべきだ」

「戦争をやろうという人間の考えが理解できない。戦争を認める人の本音の意見を聞きたいです」

「事情があって戦争もやむを得ないと思っている人はいるかもしれませんが、そういう人もできることならば戦争はしない方がよいと思っているのじゃあないでしょうか」

「戦争を良いことだと考えている人間はいないと思います」

学生たちはおもいおもいに自分の意見を述べた。

「みなさんのご意見を聞いていますと、戦争はよくないことだということは誰にも分かっていることだということが分かりました。でも、相変わらずいまも地球のどこかで戦争が行われています。いったい、どうしたら戦争を止めさせることができるのでしょう？」

愛子は続けて訊いた。

「戦争は殺人犯罪だということを誰もがはっきりと認識する必要があると思います。そのための教育を学校でも家庭でも子供のころから徹底させないといけないのではないでしょうか」

「そうだと思います。人間にとって一番大切なものは『命』であり、それを守ることがわたくしたち一人一人の権利であり、義務だと思います。そういう教育が世界中で行われなければならないと思います」

「そういう精神的な問題は一朝一夕じゃうまくゆかないぜ。ともかく、物騒な殺人兵器を無くしちまうことの方が手っ取り早いぜ」

「確かに！　兵器が無けりゃ殺傷できないもんなあ。何はともあれ兵器を規制すればいいんじゃないかなあ」

「規制なんて半端なことを言ってないで、いっそのこと、地球上から兵器という兵器を即無くしちまったらどうなんだ」

「そうだ、そもそも兵器を作らせないようにしないと駄目だね。兵器産業を禁止することだ」

「そうだ！　まず、兵器を作らせないことだ。そうすりゃあ兵器はなくなる！」

「同感！　地球上から兵器を全廃する運動を僕たちで起こそう！　どう？　これは？」

「いいねえ、賛成！」

「すべての国で国家予算から軍事費をゼロにすることができれば、その分を教育や福祉にまわすことができるわけだよね。波及効果も大きいね」

「そうだそうだ、いいことづくめだ。〝一石三鳥〟ってとこかな」

「やろうぜ！　やろうぜ！」

あちこちから賛同の声が挙がった。熱気を帯びた議論の末「地球からあらゆる兵器を全廃する運動」を始めようということでみなの意見が一致した。ここで中月教授が発言した。

「日本一国だけの話にとどめず地球規模の運動にしようとするのは大賛成です。いいですねえ。実はこれ、我が国の憲法前文に掲げられている『われらは、全世界の国民が、ひとしく恐怖と欠乏から免れ、平和のうちに生存する権利を有することを確認する』という『平和的生存権』の擁護にも合致することです。もちろん『第九条』を守る運動とも共同できることですから平和を希求する人々はみな賛同するでしょうね。賛同者を全人類の過半数にまで広げなくちゃ」

この運動を推進するのに分かり易く親しめる名前も必要ではないかという提案が出された。それをめぐって、真剣な討議がなされた結果、いくつかの候補名の中から「武器よさらば！」というネーミングが選ばれた。一緒に議論の中にいた中月教授はこのタイトルを聞いて、すぐアメリカの作家ヘミングウェイの『A Farewell to Arms（武器よさらば）』という小説とその映画のことを思い浮かべた。中月教授は手を挙げて発言を求めた。

「『武器よさらば！』というこのアクションの運動名はすごくいいですねえ。僕もものすごく気に入りました。あのね、じつはきみたちのなかには知っている人はいないかもしれないけれど、アメリカの作家ヘミングウェイに『武器よさらば』という感動的な作品があります。その英語の原題は『A Farewell to Arms』です。このアクションをグローバルに拡大するためにもこの英語名をお借りしたらどうだろう」

愛子がすぐ反応した。

「わたくしも『武器よさらば』はゲイリー・クーパー、ヘレン・ヘイズの出演する映画で見ました。新聞記者と看護婦の恋愛も描かれていてほんとうに感動的な印象深い映画でした。中月先生のご提案は素敵だと思います。大賛成です」

男子学生が次々に発言を続けた。

「へーえ、僕もその映画をぜひ見てみたいなあ」

「僕も賛成です。このアクションはぜひ世界中に拡大させなくちゃあ。そのためにも英語名は必要だと思うんだ。いまのその英語名魅力的です。賛成です」

女子学生も発言した。

「同意見です。じつは銃規制運動に取り組むアメリカの高校生たちの運動について新聞で読んだことがあります。銃規制というのは武器を全面的に廃止する運動の萌芽的なものだと思います。そうだとすれば、彼らに呼びかけてかれらと共同することはできると思います。そのときにアクションの英語名は有効だと思います。ヘミングウェイの小説の題名を掲げられたら本当に素晴らしいと思います」

みなの心は浮き立っていた。何か体の奥深いところからむくむくと熱い活力が湧きたってくるのを感じていた。こうして地球上から兵器を無くそうという学生たちの気持ちは一つになり、運動の具体的な準備や段取りがとんとん拍子に決められていった。

「運動綱領」はつぎのようになった。

「私たちは永遠の平和を希求して『武器よさらば！ A Farewell to Arms』のグローバル運動を提唱する。

以下の「行動綱領」を国連を始め世界のすべての国の首長へ提訴する。

1．国家予算から「軍事費」を削除する。

2．あらゆる種類の武器を作らない、売らない、使わない。

3．可能な限り早い時期に地球上からあらゆる武器を廃絶する。

以上の運動を世界のすべての人間にアピールし、賛同の署名を集める」

この運動綱領は直ちに五十鈴寛之学長に報告された。学生たちと中月教授とともに愛子も学長室にいた。学生や教授のここに至った経緯や趣旨の説明がなされた後、愛子も思い切って意見を述べた。

「いま『九条』を守る運動は挫折が危ぶまれます。なんとか元気を取り戻す策が必要に思われます。『九条』を守る運動は平和を守るためであり、それはとどのつまりは戦争を無くすことです。そして、戦争を無くすためには武器を廃絶することだと思います。『九条』を守る運動は、この『武器よさらば！』の運動と同根です。そして、この運動は『九条』を守る運動にとって起死回生のエネルギーになるように思います。『幸せづくり大学』の志を実践する運動にも連動すると思います。ぜひ筑摩大学の意志として積極的にこれを取り上げてください」

静かに聞いていた学長は大きく頷《うなず》き、

「はい、みなさんのお話は、よーく分かりました。最近はこう言ったわくわくするような話がなく寂しく思っていました。みなさんの『武器よさらば！』のアクション、これは人間であることを証明する運動です。私も人間でありたいと思っています。いささかも躊躇や疑念の余地はありません。もろ手を挙げて賛成します。一緒にやりましょう！」ときっぱり言った。

愛子は、確固とした言葉を聞いて学長への信頼感と敬意を新たにした。

学長はこの運動を大学の事業の一つにすることを約束し、直ちに行動した。大学の教職員合同会議に諮《はか》り、そこで大学挙げての事業とすることを決めた。これを受けて、地域貢献交流センターで活動する学生たちは、手分けをして「武器よさらば！」プロジェクトの「趣意書」と「賛同・支援要請書」をもって、身近の自治体や平和運動を始めさまざまな市民運動の組織、団体へ働きかけた。学生たちの熱のこもった説明を聞き、どこでも好意的に受け止め、激励の言葉さえ送ってくれた。学生たちは、自信を得て働きかける範囲を広げていった。

運動を進めるうちに学生たちはそれぞれの体験から、運動をさらに活性化するための方策を検討した。その結果、「武器よさらば！」アクションの歌とバッジを創ろうということになった。

バッジのデザインは広く募集することにし、歌は自前で作ることになった。歌詞は愛子の原案を削ったり足したりを繰り返しこのような作品が生まれた。

生きとし生けるもの
すべての住み家
この生命の星を
争いのない
助け合う
慈しみの社会へ！
さあ、手をつなぎ声をひとつに
武器よさらば！
戦争よさらば！

この詩に地元のシンガーソングライター吉良健一郎が曲を付けた。吉良には韓国のソウル郊外にある浅川巧の墓を訪れた時に作詞作曲した「忘憂里《マンウリ》の風」という曲がある。これは韓国で浅川巧を偲ぶ行事があるたびに流れる曲である。また地元の食文化を歌い込んだ「信州そば切り音頭」はリズムもよく、振り付けされて健康体操に取り入れられている。

吉良が作曲した「武器よさらば！」は人々の心を奮い立たせる力強いメロディーだった。合唱曲として大勢の人に歌われるようになると、マスコミにも取り上げられた。

間もなく、筑摩大学の地域社会貢献活動の一環としての「武器よさらば！」アクションは、マスコミにも取り上げられた。

地球上から一切の武器が廃棄された時の社会の姿を思い浮かべると愛子の胸は熱くなって高鳴るのを抑えることができなかった。修吾があのくりくりした人なつっこい目で微笑みながら、「愛子、よく頑張ったね」と祝福してくれているように思った。

そして戦争を知らない世代の若者たちの思いがけない活動に、

「これで、襷《たすき》は受け継がれます。あなたも安心してくださいね」

と、修吾に語り掛けると、肩から重荷を降ろせたように思えた。

しかし、現実は一朝にして変わることはなかった。学生たちの純粋な平和を希求する叫びは既存の体制の強固な壁にぶつかった。その壁は容易に崩壊させられそうになかった。愛子も学生たちも、世界の政治状況を一気に兵器全廃へと革新することは容易なことではないことを痛感させられた。アメリカの高校生たちが始めた銃規制運動も、合衆国憲法（修正第二条）の『規律ある民兵は、自由な国民の安全にとって必要であるから、人民が武器を保蔵しまた携帯する権利は侵してはならない』を後ろ盾にした銃規制反対の強大な全米組織全米ライフル協会（NRA）の資金の力に頓挫されていた。

「銃（武器）が平和と安全を守る」という全く倒錯《とうさく》した観念が、まだまだ多数の人間を呪縛《じゅばく》していた。「お金が命より優先される時代」はまだまだ衰えそうになかった。「武器よさらば！」運動の達成は、道遠しの感を拭えなかった。

いまや「武器よさらば！」運動は挫折の危機と向かい合っていた。その状況を見て、中月教授は学生たちに、

「パイオニアの道はいつでも嶮《けわ》しいものですが、いまの私たちの志を達成する運動も厳しい現実に直面しています。この際、これを切り開いて前進するためにはどうしたらよいのかみなで研究したらどうだろう」と提案した。

集まっていた学生たちは、この提案に相槌《あいづち》を打った。積極的に活動をしていた男子学生が、すぐ発言した。

「いやあ、ほんと、参りましたよ。『戦争のない社会を実現するために、兵器を無くそう』というわれわれの当たり前の主張に対して思ってもみなかった反対意見が強くあることが分かってショックでした。『君たちの考えは確かに理想論ではある。だけど、もしどこかの国が攻めてきたらどうするんだね？　どうやって日本を守るんだ？』と問われて咄嗟《とっさ》に返事ができませんでした。悔しかったですね」

「わたくしも大勢の人たちに私たちと一緒に行動してもらえるように話をしました。理解してもらうだけではなく納得して賛同してもらえるようにするにはいまのわたくしたちは大変未熟

だということを嫌というほど思い知らされました。もっと戦争を無くすための理論を学習する必要を痛感しました」

「全くその通りだ。僕たちは知らなすぎる。このままでは僕たちのアクションを多数派にすることは無理だ。格好つけて言えば、戦争、平和、人間について深く広く探求する必要がある」

そういう意見一つ一つにみなは頷《うなず》いていた。

「みなさん、すごいなあ！　わずかな間にものすごく成長しましたね。そうですねえ。運動が発展するために確信の持てる理念を共有する必要がありますねえ。どうでしょう。そのための『シンポジュウム』を開催したら。……」と中月教授は提案した。

この提案をみなで議論した結果、『武器よさらばアクション』の多数派形成のためのシンポジュウムを開催することになった。

筑摩大学の地域貢献交流センターの学生のほかに市民有志や市民団体も含めたシンポジュウム実行委員会がつくられ、愛子と真知子の名もその中にあった。精力的に準備が進められ五ヶ月後にシンポジュウムが開かれることになった。記念講演には平和問題に造詣《ぞうけい》の深い筑摩野市の稲山朗《いなやまあきら》市長が招かれた。

シンポジュウムのプログラムは次のようなものであった。

一、開会あいさつ

二、基調講演「争いも闘いもない社会づくりのために」
三、意見発表
①「武器よさらば！」アクションの経過報告および筑摩大学学生の活動レポート
②市民団体（「九条の会」、「母親輪の会」、「草の根軍縮会議」など）からの報告
③研究者のレポート　（非戦・非暴力の歴史、ガンジーの思想と行動、コスタリカの奇跡、国連軍縮会議等々）
四、質疑応答・ディスカッション
五、「まとめ」兼閉会挨拶

シンポジュウムは、マスコミも大きく取り上げたので全国区的な関心を呼び起こした。当日は地元だけではなく広く全国各地から筑摩大学の階段講義室があふれるほどの参加者が集まった。

シンポジュウムの後、暫らく経って、実行員会の中心となった学生が主導してシンポジュウムの総括がなされた。出席者は、大きな反響に苦労が実ったことの達成感と、「武器よさらば！」の運動を進めることに大きな希望と確信を得ることができたことを感動的に話した。

署名活動の中で地域の有力者の一人に、「君たちの主張は、厳しい現実をわきまえない子供じみた夢の話だ。よその国が武力攻撃してきたらどうやって日本を守るんだ。国の安全を守る

ための軍備は必要だろう。君たちには愛国心がないからそんな無邪気なことが言えるんだ。しっかりしてくれよ！」と、一喝《いっかつ》された。この学生は、

「真っ向からこんなことを言われて、それに何の反論もできず、すごすご引き下がってきたことがなんとも情けなくて落ち込んでいましたが、シンポジュウムで元気がでました」と瞳を輝かせた。さらにつづけて、

「非暴力・不服従でインドの独立を果たしたマハトマ・ガンジーや、軍隊なしで国の平和を維持しているコスタリカの事例によって、軍事力に拠らなくても国の安全を守る道のあることを知りました。これで、軍備がなくても国の安全は守れるという主張が子供じみた夢の話ではないとはっきり反論できます」と弾《はず》んだ声で言った。

　他の学生がすぐ続いて発言した。

「研究レポートで報告された、戦争という暴力を容認する思想の根源にあるのは優勝劣敗（弱肉強食）の原理であるという指摘は衝撃的でした。これはウィルスのように感染し、知らぬ間に人々の精神を犯しているが、誰もそれに気が付いていない。なるほどそうなんだ！　と納得させられました」するともう一人が続けて言った。

「僕も全く同じです。新自由主義経済社会という現在の体制を維持し支配しているのが優勝劣敗という競争原理で、実は、これが諸悪の根源だという指摘は正直強烈でした。競争で勝ち負けをはっきりさせるということは当たり前のことで何の疑問も持っていなかっただけにショッ

キングでした」

中月教授が、

「シンポジュウムはみなさんに新しい希望と勇気を与えてくれたようで、やってよかったですね。私は稲山市長さんの講演が大変印象深いものがありました。ここで収録されている録画をもう一度みなで見ましょう」と提案して録画が再生された。

稲山朗市長の講演にみなは耳を傾けた。

「……私たちの命は、この世でたった一つのしかも一回限りの掛け替えのないものです。この大切な命を奪う殺人行為が最も人道に反する犯罪であることは人類共通の認識です。ところが、戦争という名の人間同士の公然たる集団殺人行為は、二一世紀のいまも繰りかえされています。戦争に貢献するだけの軍需産業と、膨大な利潤《りじゅん》を貪《むさぼ》る戦争ビジネスが、平和と国益擁護を口実に軍事力増強を志向する国家権力と一体となって戦争維持体制を強固に作り上げているからです。

その体制のもとでは一挙にどんなに大勢を殺しても、どんな残酷な殺し方をしても犯罪ではなく、正義として賞賛されさえするのです。しかし、殺人そのものが不正義であり、したがって、正義の殺人も正義の戦争もあり得ません。『戦争をやめろ！』という世界の人々の声は、『殺すのも、殺されるのもまっぴらだ！　私たちは人間だ！』という人間失格を拒絶する魂の叫びに他なりません。

世界の平和を希求する人々が力を一つにして自分たちの力で戦争維持体制を廃止させない限り戦争という名の殺人犯罪を無くすことはできないでしょう。

武力によって国益を競い争う時代から、地球益のために協同する地球共同体への時代が始まっています。殺さない！　殺させない！　ことを決意し直し、核兵器をはじめすべての兵器を廃絶し、『日本国憲法第九条』の理念を世界で共有し戦争のない地球共同体実現を目指して行動したいものです」

稲山朗市長の講演は次のような言葉で結ばれていた。

「多数派を形成する道は『戦うぞ！』と雄叫《おたけ》びをあげ、相手を倒すまで勇ましく戦うことでは拓《ひら》かれません。とことん相手と話し合い、説得することです。武器からは平和はうまれないということ、命がすべての価値の原点だということを相手に納得してもらうまで粘り強く話し合うことです。非暴力で志を達成する道は、どんなに時間がかかろうと、これ以外にはないと思います。これは、戦争の恐怖に脅かされない社会を望む者が一人一人の力を合わせることで初めて実現できるでしょう。人類の知恵と共同の力が何時の日か必ず武器のない社会、戦争のない社会を実現できるのだと確信しています。『武器よさらば！』の運動が実を結ぶ日は必ず来ます。明けない夜はないのですから」

聞いている者はみな改めて感動に撃《う》たれた。中月教授が皆を見回して言った。

「武器のない地球社会の夜明けのために闇夜を照らす灯りであれと、稲山市長さんはみんなを励ましてくださっているんですね。さあ、元気をだして何度でも立ち上がりましょう」

愛子は思わず拍手をした。みなも続いた。大きな拍手は鳴りやまなかった。

アメリカは、「アメリカファースト」を叫ぶ大統領が世界を脅かし、ロシアも中国も世界支配を虎視眈々《こしたんたん》と狙っていた。〝国際社会〟のこのような状況を見て、日本の保守政権もこれらの大国に後れを取るまいと〝強い軍国日本〟復活に執念を燃やし軍事力増強に余念がなかった。しかし、日本列島の中央に位置する筑摩野の一角から挙げられた「武器よさらば！　戦争よさらば！」のささやかな声は、世界の隅々の草の根たちにじわじわと浸透していった。愛子はこの声をどんな強大な権力をもってしてももはや消すことはできないと確信した。いや！　決して消してはならない、と決意を新たにしたのであった。


真知子は二〇〇五（平成十七）年三月、筑摩大学の教育学部を卒業した。そして四月四日は、松本市の深志小学校の教員としての初出勤の日である。環境汚染問題にも強い関心を持っていた真知子は自動車通勤を断念し、上高地線の電車通勤を選択した。新村駅構内の桜は満開で春のおだやかな日差しがまぶしかった。筑摩大学の学友やスタッフや近所の方々が真知子先生の初出勤を見送りにきていた。その中にトレードマークの優しい笑顔の愛子と肩を並べて笑顔で見送る修一と千恵の姿もあった。

電車が動き出すと、愛子は「行ってらっしゃい！」と真知子に呼びかけた。

希望に胸を膨らませた真知子を乗せて、上高地線の電車が満開の桜のトンネルをかいくぐって次第にスピードを上げていく。

今日も白く妙かな北アルプスの山並みが新の郷に祝福の挨拶を送っていた。


二〇一一年三月十一日、日本は思いがけない自然大災害に襲われた。宮城県牡鹿半島東南東沖一三〇キロメートルを震源とするマグニチュード九、観測史上最大の地震であった。「二〇一一年東北地方太平洋沖地震」（通称「東日本大震災」）である。

地震に伴う大津波によって東北地方の太平洋側は壊滅的な被害を受けた。特に東京電力福島第一原子力発電所の原子炉はメルトダウンし、悲劇的な事態を惹き起こした。それは天災以上の絶望的な被害をもたらした。

地震や津波は人知を超えた天災であり、自然の猛威に畏敬するほかない。しかし、原子力事故は〝人災〟である。〝人災〟は、人知が正常に発揮されていれば事前に防ぐことは可能なのだ。人類は原子力（核）をまだ安全に扱うことができない段階にいることを百も承知しながら、無謀にも原子力発電を見切り発車させてしまった。安全よりも営利、健康よりも経済性を優先した結果である。天災の被害には対処の仕様がある。しかし核被害には適切な対処の方法が見つかっていないのだ。人間の際限のない物欲を充足するための産業エネルギーとしてついに核エネルギーにまで頼らざるを得なくなった現代文明社会の在り方そのものが問われることになった。だが、依然として「新自由主義」を推進する政治勢力は原発に執着している。この未曽有の災害は未来の人類社会の在り方を考えるうえで重い課題を突き付けたのである。

被災地には天災と人災の双方の被災者があふれていた。被災地へのボランティア救援活動が全国的な規模で始まり、筑摩病院でもその取り組みについて病院挙げて検討した。菊中院長が口火を切った。

「現場はすでにテレビ報道でご承知の通り戦場のようです。とにかくわれわれのできる範囲で応急の救命活動を行うほかありませんが、それが可能な最小単位であってもチームを編成して駆けつけることにしましょう」

院長の提案で修一が医療班を率いることになった。他に若手の医師や看護婦で移動医療救護チームが編成されたが、出動できるスタッフの人数は限られていた。

修一は、九十五歳になってはいるがまだまだ矍鑠《かくしゃく》としている愛子にチームアドヴァイザーとして参加することを懇請した。修一にとって愛子は母親であるとともに経験豊富でいざという時には頼りになる頼もしい先輩の同僚であった。

愛子も加わったチームは直ちに被災地へかけつけることになった。被災地の現場は想像以上の凄まじさであった。チームアドヴァイザーとして愛子の満州の陸軍病院での経験が生かされた。緊急性のある現場から次々に要請が入った。愛子の脳裏から木村ドクターの言葉が消えたことはなかった。愛子は気丈であった。チーム一丸となって過酷なスケジュールを超人的活動で遂行していった。

その後、このような活動を始め愛子の社会的活動の場は、年齢などお構いなしに拡大していった。「母親会議」「草の根国際平和運動」「原発を止める会」「ジェンダー格差をなくす会」等々、愛子がかかわる運動は多様だった。愛子は、都合のつく限りそれらの活動に精力的に参加した。

二〇一五年（平成二十七）年七月十六日、「安保法案」（「国際平和支援法」「平和安全法整備法案」）が衆議院で可決され、二〇一六年三月施行された。六〇年安保闘争に似た全国的な反対運動を無視しての可決であった。

「危ない。いつか来た道を逆行し始めた。何とか止めないと」と気持ちは逸《はや》ったが、愛子はすでに九十七歳になっていた。さすがに意気込みに見合った身体の動きは難しくなっていた。しかし、現実の状況は愛子を傍観者にしておかなかった。

満州へ無邪気に出かけて行ったころとは時代は大きく変わっている。女性の社会的活動の活力も強くなっている。国民の政治意識も高くなっている。地球規模の人の往来がスピードアップし、情報の流通も汎世界的になり瞬時に共有できるようになっている。間違いなくあの頃とは情勢は変わっている。しかし、危ない！　このような世界情勢の変化は、場合によっては一瞬にして世界規模の想定外の戦争を勃発させかねない。

このような危機を避けることができるのは、国民一人一人が主体的に自分の意思をはっきりと主張することだ。社会的な問題（例えば政治）を他人任せにするのではなく自分の問題として責任をもって行動するほかない。

戦争を知らない幸せな若者たちが増えた。彼らに戦争の真実をもっともっと広く知ってもらわなくてはならない。若者たちに戦争を拒否できる意思を身に着けてもらわなければ、いま起こりかけている歴史の逆流を食い止めることはできない。そう考えると、年齢のことも忘れて、じっとしていることなどできなかった。

愛子はいてもたってもいられず思い切ってペンを執った。『筑摩野タイムス』編集主幹の桐山正蔵は、かつて循環器系の大病を患い筑摩病院に入院し、奇跡的に命を取り留めたことがある。その際の愛子の献身的な看護に感銘し、それ以来の親交があった。愛子が寄稿した文章を読んだ桐山編集主幹は強く心を動かされ、二〇一五年十月十日付の『筑摩野タイムス』に掲載した。「グローバル同盟化の道」という見出の文章は次のような内容であった。

《「安保法」は賛成、反対双方の声が騒然とする中で成立しました。国の平和と安全を守ることは国民共通の願いですが、それをどうやって実現するかです。「安保法」の唱える集団的自衛という方法もひとつですが、私はこの考え方に賛同できません。根本的な点は世界諸国を日本の同盟国と非同盟国、つまり、敵と味方に区別することが前提になっていることです。

戦争は味方と敵がいなければ起きません。ですから敵を想定した今度の「安保法」は、戦争を前提としているのです。味方同士の団結で敵の攻撃から防衛するのが集団的自衛の基本的な考え方です。しかし、国の平和と安全を守る方法は集団的自衛によらない方法もあるのです。

いちばん確実に国の平和と安全を守る道は、世界の国すべてを味方にして敵がいない状況、つまり世界のすべての国を同盟国にすることです。いまの歴史的時点では非現実的な夢物語に聞こえるかもしれませんが、これは決して実現不可能な夢の話ではありません。

人類がこれまで辿ってきた足跡を振り返ると、野蛮で愚かな戦争ばかりしてきたように思えます。実はその戦争まみれの中で「戦争は人間の本性に反する行為だ」ということを学習してきているのです。百五十年ほど前の明治維新まで、日本国内で日本人同士が殺し合いをしていたが、今はそんなことは影も形もありません。

ヨーロッパでも古い時代から戦争が絶えなかったドイツとフランスが、第二次世界大戦以後、手を携えてＥＵ（ヨーロッパ共同体）のリーダー役を担っています。ＥＵ加盟諸国はみんな味方になり、ＥＵ内での戦争は考えられなくなっています。どうしてこういうことができるのかと言えば、人間の本性は助け合い、分かち合うことにあり、人間の本性に則した生き方が快適だからです。

人間の素晴らしいところは誤りを認識し、誤りを直すことにあると思います。だとすればそう遠くない将来、地球は一つ、すべての国はみんな味方ということになり、人類は戦争という愚かで野蛮な行為を止めることになるに違いありません。

盛り上がってきた「安保法」反対の運動は、特定の同盟国との集団的自衛が戦争につながることを懸念しているのです。本当の平和と安全は「グローバル同盟化（すべての国を味方にすること）」を対話外交によって実現されるのだと思います。この「安保法」反対運動を、人類が真の平和と安全を実現するための運動へのスタートとして今後、国際的なものへ展開する壮大な国民的事業にしたいものです》

この寄稿文にはたくさんの電話や手紙で賛意が寄せられた。

愛子の戦争のない社会実現へのひたむきな活動は、その後も中断されることはなかった。修一と千恵の助けを借りて身の回りからできることをやり始めた。戦争の真実についてあらゆる機会を使って懸命に説いて回った。真知子とその仲間たち、筑摩大学の「武器よさらば！」アクションの若い世代のメンバーも愛子の強力な協力者として精力的に活動に加わった。

二〇一八（平成三十）年、愛子は百歳になっていた。ふとした風邪がもとで肺炎を惹き起こした。老年の肺炎はたちが悪い。周りの者の願いや祈りなどお構いなしに病状は日ごとに憂慮すべき方向に進行した。修一が付きっ切りで看病した。孫娘の真知子も背中を擦《さす》ったり、脚を揉《も》んだり元気になることを祈って懸命に寄り添った。

「おばあちゃん、早く良くなってね。今年の土用丑《どようのうし》の日はおばあちゃんに『柳家』の〝うなぎ膳《ぜん》〟を奢《おご》ってあげるからね。絶対元気になってね。『松本ぼんぼん』には私が車椅子を押してあげるから一緒に見に行こうね」

愛子は首をかすかにうごかして肯いた。それを聞いていた修一が、

「いいなあ。父さんもお相伴《しょうばん》にあずかりたいねえ」と言った。

「勿論よ。お母さんもいっしょにね」

愛子には真知子の声が子守唄のように気持ちよく聞こえていた。朦朧《もうろう》とした愛子の脳裏にひとつの黒い人影が遠くにぼんやり見えた。ハルピンのあの朝のような濃い霧をかきわけるようにしてその人影はどんどん近づいて来る。

「あっ！　修吾さんだ！」あのくりくりした優しい瞳が真っ直ぐこちらを見据えて微笑んでいる。もう見まがうことはない。

「ああ、あなたなのね！　おかえりなさい！」愛子の顔に幸せの笑みが弾《はじ》けた。

「ご無事だったのね。ああよかったあ！」

そう叫んで大きく手を広げて修吾の広い胸に飛び込んだ。愛子の意識はそこで途絶えた。

修一は愛子の瞳孔《どうこう》を確かめ、聴診器で鼓動《こどう》を確かめ、愛子の臨終《りんじゅう》を居合わすものたちに伝えた。まだぬくもりの残る愛子の額にしばらく手を当てて「父さんが待ってるよ。これからはいつまでも一緒だよ。もう安心だね。長い間お疲れ様でした。いろいろと有難う」と静かに話し

かけた。

顔いっぱいに笑みを浮かべた愛子の顔からは慈愛のオーラが放射されているようであった。愛子を覗《のぞ》き込むものたちは誰もがそれに撃《う》たれたように思わず微笑み返した。涙のない安らぎの臨終であった。

真知子は、棺《ひつぎ》の中の愛子の白い装束《しょうぞく》の胸元に「武器よさらば！」のアクションバッジを優しく付けた。

「おばあちゃん、襷《たすき》はしっかり引き継いだよ。地球上からあらゆる兵器を無くすように頑張るからね。応援してね」

そう言って最後のお別れをした。真知子の胸にも「武器よさらば！」アクションバッジが誇らしく輝いていた。

火葬場には車椅子に乗った妹の秀子も加わり愛子の骨を拾った。手を引かれて上高地線に初めて乗った時のこと、水崎神社のお祭りで一本のワタアメを二人で食べあったこと、汚れてくたびれた救護袋を肩から提げわずかな荷物をもって引き揚げてきた愛子と我を忘れて抱き合ったこと、あれやこれやが走馬灯のようにあとからあとから思い出された。

しめやかに葬式が行われた。秀子は愛子を一番頼りにしていたことをあらためて思った。

「ねえちゃん！　ほんとうにありがとう！」心の中で繰り返し伝えた。涙があふれ出て止めようもなかった。

真知子は墓前に線香を上げ、手を合わせながら、祖母の言葉を思い出した。

「真知子、男たちが不甲斐《ふがい》ないのは女たちがしっかりしないからだよ。争って勝つことを生き甲斐とする男たちに任せていては戦争を無くすことはできないよ。世の中を幸せにするのは女次第だよ。後はお前たちに頼んだからね」

静かに言い聞かせてくれた祖母の言葉に、

「おばあちゃん！　確かに襷は受け取ったよ。おばあちゃんに負けないように生きるからね。見守っていてね」心のなかでそう答えた。

しばらく経ってから「故　秦越（大山）愛子さんを偲《しの》び感謝する会」が新の郷の筑摩野ホールで実行委員会が主催して開かれた。愛子と志を同じくしてともに活動した多様な大勢の人々が愛子の在りし日のことを偲び、集まった。一人一人思い思いに別れの言葉を贈った。どれも心からあふれ出る哀悼《あいとう》と感謝と反戦平和への強い誓いの言葉であった。祭壇からみんなを包み込むようなあのトレードマークの愛子の笑顔が「ありがとう。あとは頼みましたよ！」と応えていた。最後に参会者全員の「武器よさらば！」の大合唱が高らかにホールいっぱいに響き渡った。

生きとし生けるもの
すべての住み家

この生命の星を
争いのない
助け合う
慈しみの社会へ！
さあ、手をつなぎ声をひとつに
武器よさらば！
戦争よさらば！

その歌声は筑摩野ホールから流れ出し、筑摩野の里山を渡り、アルプスの山並みにこだました。一面の青空であった。残雪に包まれて輝く北アルプスの稜線を斜めに横切って松本空港から飛び立ったジェット旅客機が銀翼に朝日を受けてぐんぐん上昇していく。奈良井川の土手道を横断して高速道路がまっすぐ伸び、引きも切らずさまざまな自動車が行き交っている。緑に萌えだした筑摩野は春爛漫《はるらんまん》であった。その中を惜しげもなく降り注ぐ桜吹雪をかいくぐるように上高地線の電車は、百年前とおなじ風格を見せて走っていた。

今日も白く妙やかな北アルプスの山並みは、「武器よさらば！」のメロディに和し新の郷に祝福の挨拶を送っていた。

——完

あとがき

これは小説の体裁をとった〝米寿（八十八歳）を迎えた老人〟の「置き土産（または遺書）」です。

一九三三年（昭和八）は、歴史的な重大事件が次々に起こりました。ヒトラーの首相就任とナチス政権の発足（一月三十日）、日本の国際連盟からの脱退（三月二十七日）、アメリカ第三十二代大統領フランクリン・ルーズベルト就任（三月四日）、国内では継宮明仁（百二十五代天皇）誕生、滝川事件、小林多喜二虐殺、宮沢賢治没、長野県教員赤化事件等々、まさに地球全域を巻き込む大動乱前夜の風雲急を告げる年でした。この年の十月三十一日に私は生まれました。この世代は、「皇国ノ道ニ則リテ初等普通教育ヲ施シ国民ノ基礎的錬成ヲ為ス」（「国民学校令」一九四一年）を目的とした国民学校で、「修身」と「教育勅語」を金科玉条として、「皇国の道」に則った「国民の基礎的錬成」を徹底的に叩き込まれました。その結果、判で押したような「忠君愛国少国民」に育てあげられました。愛国少年たちは、何の迷いもなく少年航空兵を志願し、お国のために赫々《かくかく》たる戦果を挙げ〝醜《しこ》の御楯《みたて》〟となって天皇陛下に命を捧げることが生きる〝道〟となりました。ところが、思いもかけない敗戦によって彼らの前から突然〝道〟が消え、みな途方にくれました。そんな少国民たちに対して「『天皇陛下のために死ね！』と教えこんですまなかった」などと曲がりなりにも詫びを言う大人は一人も現れませんでした。これがトラウマとなり、「権力に従順な〝善良なる愛国者〟には金輪際なるまい」という頑固な反骨精神が形成されました。

＊　＊　＊

この小説の主人公秦越愛子も、「教育勅語」と「修身」で育成された一般的な愛国少女です。自ら志願してハルピンの陸軍病院に勤務します。さまざまな体験を重ねる内に、戦争の実態を知り、「聖戦」に疑問を懐くようになります。そして、戦争は殺人以外の何物でもないということを明確に認識することなく、戦争犯罪の共犯者になっていることに気がつき愕然とします。「だれが戦争をはじめたのか」を深く考える内に、戦争責任の所在が、皇国主義や軍国主義を主導した者たちにあることは明白であるけれども、同時に、国民の一人一人が断固として戦争を拒否する意思を示さなかったことが彼らを暴走させてしまったという認識を否定できなくなります。この愛子の痛恨の念が、その後の愛子の反戦平和への不退転《ふたいてん》の行動の原動力になります。個々の国民の戦争責任を認定することによって、戦争遂行の最高責任者としての大元帥・天皇の曖昧《あいまい》なままになっている戦争責任が、いまからでも真剣に問われなければならないと考えるようになります。それと共に、これまで正義とされてきたアメリカの人類史上最初の広島・長崎への原爆投下が、人類史最大の戦争犯罪として断罪されなければならないという確信に至ります。

「戦争に脅かされることのない世界」は、人類の共通の夢です。敗戦のお陰で、膨大な人命を代償として奇跡的に手に入れた人類史上初の「戦争放棄」を掲げた新憲法は、この夢の実現のための人類共有の宝物です。いま、その宝物が、あろうことか皇国主義の復活を企む一部の日本人たちによって反故にされる危機に直面しています。過ちへの妥協のない自覚的な反省がなければ同じ過ちは繰り返されます。

＊　＊　＊

「真知子、男たちが不甲斐ないのは女たちがしっかりしないからだよ。争って勝つことを生き甲斐とする男たちに任せていては戦争を無くすことはできないよ。世の中をしあわせにするのは女次第だよ。後はお前たちに頼んだからね」という愛子の伝言は、「史上最高に面白い『フアウスト』」の「永遠に女性的なるもの（慈愛）が、破滅的な〝男社会〟を救う」というメッセージの反映です。僭越ながら『出来損ないの男たち』（福岡伸一著）を代表して、私からの、こよなく愛してやまぬすべての女性のみなさんへのエールです。

＊　＊　＊

北アルプスとその麓に広がる筑摩野は、日本人の心に繋がる故郷「里山」の原風景を残しています。筑摩野には百年まえと変わらぬ姿でたくさんのストーリーを紡ぎながら上高地線が走っています。里での無常な人間たちの営みを白き妙やかな飛騨山脈の山並みは悠然と眺め続けています。題名「やまなみの詩《うた》」の由縁です。

＊　＊　＊

作家である友人の桜井政男（原健二）さんに丁寧に校閲いただきました。表紙絵は中野雅弘さんに、資料や素原稿の整理、校正は高野和香さんに協力していただきました。作中の詩「武器よさらば！」に曲をつけてくださったのは吉良健一郎さんです（楽譜は次ページに収録）。かもがわ出版の三井隆典さんのお力で出版が実現できました。記して感謝を申し上げます。

武器よさらば

詩　中野和朗　　曲　吉良健一朗

武器よさらば

生きとし生けるもの
すべての住み家
この生命の星を
争いのない
助け合う
慈しみの社会へ！
さあ、手をつなぎ
声をひとつに
武器よさらば！
戦争よさらば！

中野和朗（なかの・かずお）

一九三三年（昭和八年）滋賀県甲賀郡甲南町に生まれる。現在松本市在住。信州大学文理学部人文科学科（独文専攻）を経て、東京都立大学大学院人文科学研究科（修士課程ドイツ文学専攻）修了。信州大学人文学部教授、人文学部長。信大定年退職後、松商短期大学学長、松本大学学長。現在、信州大学・松本大学名誉教授。「信州自遊塾（塾長松本猛）」名誉塾長。「信州そば打ち美蕎楽《みそら》交流会」会長。楽語家（高座名松乃家笑楽）。

趣味　ざる碁。道楽の“農（家庭菜園）、林（山菜・茸採り）、水産（渓流・海釣り）業”。

著書 「史上最高に面白い『ファウスト』」（文芸春秋）、「『幸せづくりの人』づくり」（松本大学出版会）、「カメラーデンの詩と真実」（亀田ブックサービス）他。

共訳書 「マルクス全詩集」（大月書店）、「ハイネとその時代」（朝日出版）他。

その他　信州大学演劇部「山脈」・ＯＢ会「やまなみ」（会長故熊井啓）に所属し、「どん底」（ゴーリキー作）、「籾は死なず」（柳裕典作）などの制作・公演を手掛けた。

やまなみの詩《うた》――上高地線ものがたり

2021年8月15日　第1刷発行

発行者　竹村正治
発行所　株式会社かもがわ出版
〒602-8119　京都市上京区堀川通出水西入
TEL075-432-2868　FAX075-432-2869
振替 01010-5-12436
ホームページ http://www.kamogawa.co.jp
印　刷　シナノ書籍印刷株式会社

ISBN978-4-7803-1165-5　C0093